4 Girls

柴村　仁

4 Girls

scratches

チャイムが鳴って、休み時間。

凝り固まった首をグリグリ回しながら、僕は教室を出た。

「うー、寒い」

十二月の廊下は冷気で張り詰めていた。しかし、その分、清浄な気がする。暖房をつけている時期の教室というのは、数十人を収容しているのに閉め切っているせいで、空気が濁ってしまっていけない。

雪でも降るかなあ、なんてことを考えつつ男子便所に入ると、数人の先客がいた。その中には同じクラスの手取《てとり》もいた。

手取は僕の顔を見ると、なんか知らんが「おっ」と満面の笑みを浮かべた。「やあ、黒部《くろべ》くんじゃないか。噂《うわさ》をすれば、だ」

「なんだよ、噂って」

つーか、便所でたむろするんじゃないよ。利用者の皆さんが用便に専念できないだろうが。

手取は僕の肩に手をかけ、ぐいぐいと小便器の前まで押しやった。「よく来たね、黒部くん。まあまあ、ゆっくりと放尿でもしてくださいよ」

自発的に便所に来た以上は勧められんでも放尿するが「何？　なんなんだよ？」

「いやいやいや、聞いたぜ、この勇者め！　期待してるからな」

「は？」

よく見れば、手取だけでなく、他のヤツらも一様に僕に必要以上の笑顔を向けている。なんとも不吉な光景だ。僕は小便器に背を向け、手取をねめつけた。

「なんなの、これ？　気味悪いんだけど」

手取はニヤニヤと笑った。「四組の成瀬《なるせ》さん」

その名を聞いた瞬間、心臓がピョンと跳ねた。

一年四組、成瀬瑠璃《るり》。

さらさらの髪。ツルツルの白い肌。潤んだような輝きを放つ瞳。そう。彼女は、誰《だれ》もが認める美少女だった。ひとたび街を歩けば、老若男女が振り返り、犬猫までが振り返り、猿が木から落ち、河童が川を流れ、弘法が筆を誤るとまで言われた。なんかすごいな。とにかくそれだけ可愛いということだ。

そして、僕がひそかに想いを寄せている娘《こ》でもある。

それをなぜここにいる野郎どもが知っているのか。

唖然《あぜん》として固まっている僕の顔を見て、手取はウンウンと頷《うなず》きながら「いいんだ、分かってる、何も言うな」と知ったような口を叩《たた》く。あまつさえ、僕の肩にポン！と手を置き「俺《おれ》ら、お前を応援してるから！」

手取の調子に合わせ、他のヤツらも一斉に「そういうこと！」と頷いた。

もし今この瞬間、僕の手に機関銃が握られていたら、僕は迷うことなく掃射し、彼らを蜂《はち》の巣にしていただろう。機関銃を所持していない僕は、顔を引き攣《つ》らせるばかりだった。

成瀬さんは、今年九月に行われた我が校文化祭の美男美女コンテストにおいて、一年女子部門グランプリを獲得した実力派美少女であるが、一方、言い寄る男は片っ端からふって、カレシを作らないことでも有名だった。その身持ちの堅さも、ファンを増やす一因になっているのは間違いない。

つまり。

黒部も玉砕しに行くのか？

それとも、現状維持で遠くから見守るだけなのか？

その二択が、今、彼らの中でもっともホットなトトカルチョ、ってわけだ。

……バレたのは、仕方ないとしよう。すでに知られてしまったことをとやかく言っても解決しないし、それに、僕が成瀬さんを好きなのは事実だ。問題は、どこから情報が漏れてこのアホどもの知るところとなったか、ということ。

「なあ、手取」

「うんうん。何？」

「お前、その噂、誰から聞いた？」

「八組の太田《おおた》ってヤツから聞いた」

「やっぱり」

太田。殺す。


僕はバス通学をしている。

毎日同じバスに乗っていると、バス車内での自分のポジションというのは、だいたいお定まりになってくるもんじゃないだろうか。同じバス停から乗りこむ人間の顔ぶれなんて、日によって大きく変動するものでもないのだし。

で、僕はいつも、運転席側の列の前から二番目、一人掛けのシートに座ることにしていた。別に、そうしなければいけないというわけでもないんだけど、それが習慣になってしまっているから、とにかく毎朝そうしている。僕が利用するバス停は始発に近いので、僕が乗りこむときにはまだガラガラだから、余裕で座れる。僕はそこに座って、学校最寄りのバス停に到着するまでの間、文庫本や参考書を読んだり、うたた寝していたりするのだ。

途中のバス停から乗りこんでくるのは、当然のことながら、うちの学校の生徒ばかりだ。で、彼ら彼女らも、だいたい同じ顔ぶれで、だいたいお定まりの位置に座ってたり立ってたりする。

そんな中、毎朝、僕が座るシートのそばの手すりに摑《つか》まって立っていることが習慣になっている女生徒がいる。

それが成瀬瑠璃さんだった。

フルネームを知っているのは、わざわざ調べたりしたわけではない。毎朝の彼女らの会話の中から、自然に聞き取れてしまったのだ。成瀬さんは、一緒に登校している女生徒（ヒイちゃん、と呼ばれている）相手に、朝っぱらからよく喋《しゃべ》った。その喋りっぷりは、いつも、すごく楽しそうだった。いや、女子って大抵楽しそうにお喋りするもんだけど、成瀬さんは……うまく言えないけど、ちょっと違った。「なんでこの人こんなに楽しそうになんだろ？」と不思議に思うほどイキイキしていて、フワフワしていて、キラキラしていた。輝いていた。言葉や身振りの一つ一つが、べらぼうに可愛かった。

「ヒィちゃんヒィちゃん。あのね、すっごい可愛いブーツ見つけたの！　すっごい綺《き》麗《れい》なラインでね、ここんとこが細いリボンで編み上げになってるの。しかも裏地がピンクでね、もう一目惚《ぼ》れ。コレすっごい欲しい！　と思ったんだけど、でもすっごい高くてさ」

一つの説明の中に「すっごい」という形容詞が四回登場しているのが、いかにも夢中！　って感じがして、その舌ッ足らずな様子がまた、なんとも言えず可愛い。

くだんのブーツがどんなものか僕にはまったく見当もつかないが、でもそのブーツを履いた成瀬さんはとてつもなく可愛いだろうなっていうことは容易に想像できる。

「そうそう。ダンスの授業ね、そろそろどんな感じのものにするのかだけでも決めなきゃいけない時期なんだけど、まだいまいち決められなくて。で、私は傘を使うのなんてどう？　って提案して、チームのみんなも、いいね！　って言ってくれたんだけど、先生がいい顔しなくてさあ。道具を使うのはどうたらこうたら、って。ヒィちゃんはどう思う？」

一年生の体育は、前期は球技、後期は武道もしくはダンス、という感じでジャンル分けされており、それぞれ種目選択制だが、女子の多くはダンスに回る。成瀬さんもそうなのだろう。

傘を操ってくるくると踊る成瀬さんはきっとステキだろうな。着ているのが学校指定のイモいジャージだったとしても、きっと彼女自身が持つイノセントなコケティッシュさがうんたらかんたら。

……ああ。

盗み聞き&返答妄想、なんて陰気なことをするんじゃなく、直接喋れたら、と。

その笑顔をヒィちゃんにではなく僕に向けてくれたら、と。

そう思うようになるまで、それほど時間はかからなかったのだ。

好きな娘？　うーん……いる、かな。

えーっと……あのさ、誰にも言うなよ？

四組の成瀬さんって知ってる？

ということを、同じ図書委員会に所属する太田（一年八組）にペロッと言ってしまったのが、つい先日のことだ。太田の恋愛に関する悩みを聞くでもなく聞いていて、その流れで、僕もつい言ってしまった。太田は誠実で口が堅そう……と思っていたからこそ白状したのだが、残念ながら見込み違いだったようだ。

放課後、携帯電話を取り出し、太田にメールを打った。

貴様を殺す。

そのメールに対する返事はすぐに来た。

なんで⁉

なんでじゃねーよボケ。ハゲろ。

僕が成瀬さん好きなことみんなに言いふらしただろ。

おかげでこっちは破滅寸前だ。

誤解だよ！　オレじゃねーよ！

僕はこのことについてはオメー以外に言ってねーんだよ。

あれ？

じゃあオレか？

ごめん。

何が「じゃあオレか？」だ。不愉快極まる。僕は携帯電話をしまい、教室を出て、廊下をズカズカ歩きながら、このアンポンタンにはどんな制裁が相応《ふさわ》しかろう、と模索した。しかしなんだかその模索さえも徒労のような気がしてきたので、やめた。太田が消えても噂が消えるわけではないのだ。

するとまた携帯電話が震えた。太田からの追加メールだった。

無視しようかと思ったが、一応、読んでみる。

ホントにごめんて。

でも、言い訳させてもらうと、

オレは言いふらしてはいない。

一人くらいにしか言ってない。

ホントだよ！

バカめ。無責任な一人に言うってことは三十人に言いふらすのと同じなんだよ。……って、それは我が身にも跳ね返ってくる言葉だな。無責任な一人（＝太田）に言ってしまったことで、今こんなことになってるんだから。

あーあ、噂を耳にしたヤツ全員、今日中に死なねーかな……

なんつって。

でも……ああっ、万が一、この噂が成瀬さん本人の耳に入ったら、どうすればいいんだ？　それで僕の面も割れてしまったらどうしよう？　僕はもう気まずくてあのバスに乗れない。それ以前に、成瀬さんに「げぇッ、黒部ってコイツかよ！　毎朝バスで見かけるんですけど！　私に懸想《けそう》してるってことはもしかして毎朝盗み聞きされてた!?　ウソ！　ヤバ！　キモ！」とか思われたらどうしよう？　盗み聞きしてることは否定できないし。あああ。

どうしようもなく憂鬱《ゆううつ》な気持ちを持て余しながら、僕は美術室の扉を開けた。

「ちわーっす……」

返事はない。

美術室は無人であった。

いつものことだ。秋に三年生の先輩が引退してしまって以降、この美術部にせっせと顔を出すのは二年生二名と一年生一名だけになってしまった。

まぁでも人数が多ければいいという部活動ではないから、廃部にならない程度なら、少なくても問題ないと思う。少ないほうがむしろ集中して制作できるから、これはこれでいいのかも？　という気さえする。

僕は今日、スクラッチングをやると決めていた。

用意するもの。画用紙一枚。クレヨンいっぱい。そして、なるべく細い先端を持つもの、たとえば鉄筆など、一本。

まず、たくさんの色のクレヨンを使って、画用紙を満遍なく塗り潰《つぶ》す。こういうふうに塗るのが正解、というのはないけど、ランダムな塗りにしたほうが、のちのち面白い仕上がりになる。で、その上から、黒一色でみっちり塗り潰す。水彩絵の具なんかと違ってクレヨンは色が混ざらないので、思いっきり重ねてしまって大丈夫。そしてその黒く染まった画用紙に、準備した鉄筆などで、好きなように線を引く。すると、黒いクレヨンの層が削がれて下地が表れ、カラフルなラインの文字やイラストを描くことができる。

昨日、美術準備室で美術の参考書をパラパラめくっていたら、スクラッチングの項がたまたま目につき、あ、これ、なんか懐かしいな、こういうの、幼稚園のお絵描きの時間にやったな……と、やけにそそられたのだった。

その参考書には、スクラッチングだけでなく、どこか懐かしい技法が他にもいくつか取り上げられていた。多めの水で溶いた絵の具を画用紙に垂らし、ストローで吹き流して模様を作る「ドリッピング」。木材や石などの凹凸のある場所に紙を当て、鉛筆でこすって素材の形を写し出す「フロッタージュ」。などなど。

幼稚園児のときは、これらの絵画技法の名称なんか知りもしなかったけど、そんなことは関係なく、お絵描きの時間に夢中になっていたっけ――なんてことを、もろもろと思い返していたら、無性に実践したくなった。

原点回帰というわけではないけれど。

今の自分がこの手法を使ってどういうものを描くのか、試してみたくなったのだ。

というわけで今日。

僕はいつもの席に腰掛け、てちてちとクレヨンを動かしていた。世の中にはスクラッチボードというものもあるが、今回は一から手作りしていきたい。

完成したら、部への提出作品にしようと思っている。たぶんこれが今年最後の制作になるから、それなりに気合いを入れるつもりだ。

「くろべえ……」

背後から声がした。

ギョッとして、振り返る。

戸口に、由良《ゆら》先輩が、寒そうな顔して突っ立っていた。

現部長である彼は、いつ見ても大抵ボサボサ頭で、しかも身なりに気を遣う様子がないので、パッと見、どうしようもなくモサいあんちゃんなのだが、シルエットにごまかされずにちゃんと見ると、たいそう綺麗な顔立ちをしていることが分かる。

しかし同時に、容貌《ようぼう》の利点を損なって余りある、平成の野放し男でもあった。

まぁまずなんというか「事勿《ことなか》れ」という概念の対極にいるような人で、想定の範囲外なことをしょっちゅうやらかす。好奇心旺盛《おうせい》で、春にはてふてふ、夏にはサボン、秋にはどんぐり……と、四季折々の風物を心行くまで追いかけ回し、必要とあらば教室を飛び出して躊躇《ちゅうちょ》なく授業をサボる。ホントに高校二年生か？

とはいえ、基本的には無害だし、よき先輩だ。絵は文句なしにうまいし。

「ちわっす」と軽く会釈すると、
由良先輩はダーッと駆け寄ってきて、僕の首に、両手をヒタッと添えた。

その手の冷たいこと氷の如し。

「ひや――っ!?」

僕は飛び上がり、ほとんど死に物狂いで由良先輩の手を振りほどこうとした。が、
由良先輩は由良先輩で、まるで仇《かたき》の首でも絞めるかのような意気込みで僕の首から手を離そうとしない。

前言撤回。無害に非ず。

「つめたあ!」

「ジッとしてろ、俺ぬくい!」

「僕は冷たいんです!!」

「俺はぬくい!」

ダメだこの人。

どうにかして振り払い、こけつまろびつしながら僕は由良先輩から距離を取った。

机を挟んで、じりっ、じりっ……と向かい合う。

「いつものことながら相手の都合を考えない人ですね、あんたって人は」

「大体いつも急を要するのでやむを得ないんだ」

「また屁理屈を。というか、何やったら手ェそんなに冷たくなるんすか」

「中庭の噴水に薄く氷張ってたんで、バキバキ割ってた」

「……素手で？　今どき小学生だってそんなことしないっすよ」

「そうかな」

「たぶん」

「あー、それにしても、寒う。熱い茶ァ淹《い》れよう。くろべえも飲むか」

「いや、僕はいいです」

「そう？」と言って、由良先輩は美術準備室にのこのこと入っていった。

ここで僕もようやく緊張を解く。

美術準備室には、コンロやらヤカンやらインスタントコーヒーやら茶葉やら、ブレイクタイムに必要な道具が一式揃《そろ》っている。これらは当校の美術教諭であり美術部顧問である隅田《すみだ》先生のための備品で、ホントは生徒は使っちゃダメなんだが、美術部員に限っては使用を許可されている（というか、見逃されている）。各人専用のマグカップが常備されているくらいだ。

カチャカチャという準備室からのかすかな物音を聞くでもなく聞きながら、席に戻った僕は再びクレヨンを走らせる。てちてちてちてち。

しかし、このスクラッチングという手法、なんとも暗示的だよな。

一見静かで落ち着いている黒一色の膜の下には、極彩色が渦巻いている。鉄筆で細く隙間《すきま》を開けることではじめてそれが垣間見える。まるで今の僕のようだ。表面上は、特に問題のない大人《おとな》しい文化系男子生徒に見えるかもしれないが、その内部たるや、焦燥や不安や羞恥《しゅうち》などのネガティブな感情がぐるんぐるんと暴れまわっており、さらには「うわーん成瀬さん好きだー！」という慟哭《どうこく》も入り混じって、今にも超新星爆発しそうなのである。

そう考えれば、スクラッチングという手法はまさに人間の業そのもの。秘められた激情や青春の暴走を余すところなく表現しうるのは、この手法しかないのではあるまいか⁉

なんつって。

△▽

僕は迷っていた。

朝。いつものバスに乗っていつものシートに座ることの是非について。

何喰《く》わぬ顔をしてルーチンな行動を取ることが吉と出るか凶と出るか……

いや、ちょっと待て。この問題を別の角度から考えてみましょう。

噂が広まった直後に習慣を変えるっていうのは、逆に不自然かつ不審ではあるまいか？　そうだ。そういうのは、やましいところがある人間の行動だ……やましい部分がまったくないわけではないのが痛いところだが、しかし、成瀬さんを好きだというのは恥ずかしいことでもなんでもないわけだから、堂々としていればいいのだ。

うん、そうだ！

そもそも、成瀬さんが例の噂を知っているかどうかも不明なわけだし！

やー、自意識過剰だなぁ、僕って！

というわけで僕は、結果的に、いつものバスに乗っていつものシートに座った。

大丈夫だいじょーぶと頭では余裕こいているが、心臓はバクバク鳴っている。

成瀬さん（とヒィちゃん）は、いつも通りのバス停から乗りこんできて、いつも通り僕のそばに立ち、いつも通りとりとめのないお喋りを始めた。

成瀬さんがくだんの噂を知っている様子は微塵《みじん》もない。それどころか、今朝はヒィちゃんの恋愛相談に乗っており、「絶対大丈夫だよ！」「でもやっぱりダメだよ」「どうして！　ヒィちゃんなら大丈夫だよ！」と、具体性が欠如しつつも白熱した論議が交わされている。

よかった。

いつも通りの朝だ。

僕はそっと胸を撫《な》で下ろした。

ほどなくして、学校そばのバス停に到着。降車口が開いて、制服の一団がぞろぞろとまとめて下車する。僕も流れに乗って下車する。

ポカポカとあったかい車内から、寒風吹き荒ぶ外へ。

ハーッと吐き出した息がもわもわと白い。

寒いな。

バスの中ではゆるめていたマフラーをしっかり巻き直す。

数メートル先、学校へ向かって気だるげに歩く学生たちの中に、笑っている成瀬さんが見える。冷えこむようになってからというもの、彼女はいつも水色のコートを着こんでいた。そのパステルカラーは、濃い色の上着ばかりの中ではよく映えた。

人ごみの中にいても成瀬さんはやっぱり飛びぬけて可愛いなぁ——と、ぼんやり考えていると、成瀬さんは学校へ向かっていくヒィちゃんと別れ、一人、きびすを返してバス停のほうに戻ってきた。

なんだろう？　忘れ物でもしたのかな？

そして成瀬さんは、僕の正面にドシッと仁王立ちした。

僕の目が節穴でなければ、彼女は今、まさしく僕を、見据えている。

実を言うと、成瀬さんを真正面から見たのはこれが初だ。

目ェおっきいなぁ……

などとトキメいている場合ではない。

「黒部くんだよね。二組の」

「は、い？」

うわ。

話しかけられた。

なんで？

「あなた、私のこと好きなんだって？」

「ぷわ」

鼻から脳天に空気が漏れて変な声が出てしまった。

目をシバシバさせながら「失礼、今、なんと？」と訊《き》き返す。

「噂レベルだけど、聞いたの。二組の黒部が私のこと好きらしい、って」

問一　このときの黒部の心境として正しいものを、次から選びなさい。
①うわー、成瀬さんと会話してるよ。ドキドキ。
②あわわ、恐れていたことが現実に……
③誰だ、本人にタレこんだヤツ！　殺す！
④一秒でも早くこの場から逃げ出したい。

「で、黒部ってどんなヤツかと思ったら、毎朝バスで見かける顔だったんで、」
「…………」
「ちょっと確かめようと思って」

問一の正解　全部

ノーリアクションでその場からの逃走をはかる、という選択をしなかった点だけは、自分を褒めてやりたいと思う。しかし、その後の僕の対応は、我ながら目も当てられないほどテンパったものだった。

「ごっ……ご、ご、ごめっ、ごめん！　いや、あの、それは、その噂は、その、嘘《うそ》ではないんだけど事実でもないっていうか、その、」

「ねえ」

「というか、そうだよね、キモイよね、毎朝見かけてるヤツに下心があったなんて、そんなの……いや、ホント、あの、でも悪気があったわけではないというか、その、大丈夫だから！　成瀬さんに迷惑かけるようなことは決してしないから！」

「それはいいから……あのさ、黒部くんさ、ちょっと、今から付き合ってくれない？」

「ハえ!?」

「って、付き合えって、交際しろって意味じゃないから！　誤解しないでよ！」

「ふわ」

「あ、バス来た」

僕らはバス停のド真ん前に突っ立っていたので、このままでは邪魔になる。成瀬さんが少しばかり後退した。それに倣って僕もヨタヨタと移動した。

新たなバスが停留所に到着し、降車口が開き、学生たちがぞろぞろと降りてくる。

その人の流れを見るでもなく見ながら、成瀬さんはボソリと言った。

「悪いけど、私、好きな人いるから」

「え」

「ごめんね」

「はあ」

……ん？

あれ？　ちょい待ち。

もしかして僕、今、ふられた？

こんな、あっさりと。

まともに告白もしていないのに。

ええええ。嘘だろ。

ああ、ダメだダメだ。やばい。へたりこんでしまいそうだ。

だがここでへたりこんでしまうわけにはいかない。頑張れ僕の足腰。

黙々と打ちのめされている僕の腕を、成瀬さんがガッと掴んだ。

「わあう!?」

「来て」

僕が動揺しているのも気に留めず、成瀬さんはずんずんバスに近づく。

「これに乗ろう」

「うぇえ？」

成瀬さんに引きずられるまま、暖房の効いたバス車内に乗りこんでしまった。

ブシューッとドアが閉まり、あれよあれよという間にバスは発進。

学生がまとめて降車したばかりなので、車内はガラガラに空いていた。僕ら以外には、一番後ろの座席にサラリーマンらしきスーツ姿の男性が一人と、優先席におばあさんが一人いるだけだった。

成瀬さんは、一人掛けの座席にストンと座った。こんなガラガラな車内でぼんやり突っ立っているのもおかしいので、僕もおっかなびっくり腰を下ろした。成瀬さんから少し離れた座席に。

「あ、あの、成瀬さん」

「なに？」

「学校は……」

「サボるってことになるわね」

「はあ」

「黒部は、サボったこと、ない？」

「ない、です」

「マジメねぇ。まぁ私もないんだけど」

「はあ」

成瀬さんがそれ以上何も言おうとはしなかったので、僕も黙った。

しばらくの間、ぼんやりとバスに揺られる。

冷静さを取り戻した頃、僕は改めて首をかしげた。

なんなのだろう、この状況は。

失恋した直後なのに、失恋した相手とほぼ二人っきりで、学校から遠ざかるバスに乗っているなんて。まったく、ワケが分からない。タチの悪い冗談か？　拷問か？　身の程知らずの恋をしたことに対するバチが当たったのか？　なんだか、すごくやさぐれた気分だった。成瀬さん、あんたは酷い女だよ。そう思いながらも、彼女が「ついてきて」と言う限り、僕は彼女についていくのだろう。何を期待しているんだろうね。

バスは「W駅行き」だったので、すなわち、最終的にW駅に到着した。

住宅街の奥にひっそり佇《たたず》む、ロータリーもない小さな古い駅だった。

ひと気のないこの駅舎の前で、しばしぼんやりする。

……僕と成瀬さんは、背の高さがほとんど変わらない。こうして並んで立つと、その現実がまざまざと突きつけられる。成瀬さんが長身なのではなく、僕が十六歳男子として若干小柄なのだ。この件に関しては、僕は常日頃から歯痒《はがゆ》さを感じている。が、しかし、僕はまだまだ成長期真《ま》っ只中《ただなか》なのであるからして、この問題はいずれ時と成長ホルモンが解決してくれるものと信じている。ゆえに、僕は毎朝欠かさず牛乳を飲んでいる。

「ねえ、黒部。この駅、使ったことある？」

「え？　あ、いや、ない」

成瀬さんは「ふーん」と小首をかしげ、「乗ってみようか」

「へ？　乗るって、電車に？」

「そうだよ、もちろん」

「え、でも……どこ行くか分かんないよ、これ」

「それがいいんじゃない。終点まで行ってみよう」

今の僕に、異を唱える気力はなかった。

腕時計をちらりと見る。学校ではもうとっくに一限目が始まっている時間だ。

……ホントにサボっちゃったんだなぁ、僕。

が、そのことについて今さらどうこう言っても仕方ない。

終点までの切符を購入し、成瀬さんに続いて改札を抜ける。

ラッシュの時間帯からはズレているのだろう、こちらのホームにも向かい側のホームにも、他の乗客の姿はない。

一部にトタン屋根がかかるだけの、壁らしい壁もない、吹きっさらしのホームだった。風はダイレクトに冷たく、吹くたびに僕を縮み上がらせる。曇天なので、日光の恩恵も見込めない。

「寒う」とその場で足踏みしたら、隣に立っていた成瀬さんが急にスンスンと鼻を鳴らした。「なんだろ、このにおい」

「え？」

「何か、イオウ的な」

「……あ、僕かも。ニキビできたから、姉ちゃんのニキビ薬を塗ってるんだ」

そんなもん塗ったこと、自分でも忘れてたくらいなのに。うちの母ちゃんとか姉ちゃんもそうだけど、女性ってホント、びっくりするくらい鼻が利くよね。男がにおいに無頓着《むとんちゃく》すぎるのか？

　すると。

「ニキビ？　どこによ」成瀬さんはグッと身を乗り出し、僕の顔を覗《のぞ》きこんできた。

　わあ⁉　近いよ近い！

　たったこれだけのことで、冷え切っていた僕の体はたちまちボッと熱くなった。

　とにかくどうしていいか分からなかったので、左のもみあげあたりを押さえて身を引く。

「お、お見せするほどのものでは」

　と言っているのに、成瀬さんは僕の顔をマジマジと眺めて目を逸らさず。僕の動揺はいや増すばかりである。

「あのー、あのー……」

「黒部って、肌、綺麗ね」

「えっ」

「ニキビも、Tゾーンとかほっぺとかじゃなく、そんな見えにくいところにできるなんて。十代のくせに。男のくせに。あんたの顔の皮脂バランスは一体どうなってるのよ。ねえ。普段どんなお手入れしてるの？」

「いや、と、特に何もしてません」

女子並に肌の手入れをしている男子高校生を、僕は見たことがない。世の中にはいるのかもしれないが、少なくとも僕の周りにはいない。……といったようなことを言語化して御耳に入れるや否や？　という些細《ささい》なことを迷っているうちに、当の彼女は何が気に入らないのか「ちッ」と舌打ちをくれた。

「肌が綺麗なヤツは、大抵、何もしてないって言うのよ」

「え、だって、実際何もしてないし……」

「ふーん」

なぜますます不機嫌になるのか。もう、ホントよく分かんねーよ、女子。

やがて電車がホームに滑りこんできた。四両編成の車内は、案の定、空席だらけ。僕と成瀬さんは先頭車両に乗りこみ、長シートに並んで座った。

さてここで問題発生。

電車内で二人っきり、いかにして間を持たせるか!?

愚問と言うなかれ。僕にしてみればこれは国家を揺るがす大問題なのである。だって、僕と成瀬さんの関係は、「ふった人とふられた人」なのだよ？　これ以上気まずい関係があるか？　重苦しい沈黙が続いたりしたら死にたくなっちゃうじゃないか。主に僕が。

などと心配していたのだが。

この問題は拍子抜けするほどあっさり解決された。電車が動き出して間もなく、成瀬さんがうつらうつらと居眠りし始めたのだ。

ちょっと残念だけど、ちょっとホッ。

ああ、でも、どうせなら、僕の肩にもたれて寝てくんないかなぁ。青春ドラマのワンシーンのように。

って、そんな嬉《うれ》し恥ずかしイベントは、そうそう都合よく発生するもんじゃないんだよ。シートの端に座っている成瀬さんは、肘掛《ひじかけ》部分にもたれて寝ていなさるよ。僕のほうに重心が移るなんて事態は、この車両が転覆でもしない限り起こらんよ！

「はあ」

思わず溜め息が。

予想外の事態が次から次へと起こって、僕のテンションも昇降が目まぐるしい。落ちこんだり興奮したり、自分でもコントロールがきかないから、振り回されては体力消耗してしまう。溜め息の一つもつきたくなるってもんだ。

いやー、それにしても、さすが成瀬さん。一年女子部門グランプリ。目ェ閉じてても可愛いなぁ。睫毛《まつげ》長いなぁ。……いやいや、分からんぞ。女は化粧で睫毛を著しく

増減させるからな。（cf. 姉）

でも、成瀬さんのはなんか天然っぽいよな。

「はあ」

僕は成瀬さんの寝顔から目が離せない。ホントは、あまりジロジロ見ていいものではないのだろうけど。見たいけど。いや、見ないようにはするけども。見たいのはもちろんだけど。

……ああ。いろいろ考えすぎて、疲れる。

恋というのはこんなにも疲れるものだったのか。これは、もう、恋愛性疲労と呼ぶべきだな。僕は恋愛のあまりハートが疲労骨折しそうだ。……あはは。我ながらうまいこと言った……

ハッと気づいたときには、電車は停まっていた。

ドアはすべて開きっ放し。車両内に乗客の姿はなく、ホームもガランとしている。

終点に着いていたらしい。気づかなかった。成瀬さんにつられて、僕も、わずかではあるが眠ってしまったみたいだ。

「成瀬さん、成瀬さん」

「ん？……」

寝ている女の子に声をかける&目を軽くこすりながらムニャムニャ寝ぼけている姿を目の当たりにする——どちらも、僕の人生にかつてなかった行動パターンだ。こんなときめきシチュエーションがいっぺんに我が身に訪れるとは！　しかも相手は僕をふったばかりの成瀬さんだよ！　皮肉な運命だな、まったく！

動揺を押し殺し、努めて冷静に言う。「降りなきゃ。なんか終点っぽい」

「あ、ホントだ。もしかして、黒部も寝てた？」

「うん。ほんのちょっとだけど」

「そっか。電車に座ってるのってあったかいもんね。寝ちゃうよね」

そう言ってコロコロ笑う。

……ちくしょう、やっぱ超弩級《ちょうどきゅう》に可愛いな。

ふられても、それは変わらない。

こんなステキな娘を、僕は諦《あきら》めなければならないのか。

諦めなければならないのに、なぜ僕はその彼女と行動を共にしているんだろう。

未練か？　惰性か？　優柔不断か？

自分でも分からない。

ホームを降りた先にあったのは、W駅に輪をかけて小さく古い駅舎だった。隣接する待合室には、長椅子《いす》とレトロな石油ストーブが置かれている。乗客がいないせいか、ストーブの火は消えていた。

改札を抜けると、そこには見知らぬ町がパースペクティブに広がっていた。

成瀬さんは「おー」と、のんきな歓声を上げた。「二時間も離れるとこんなふうになるのかぁ。かなり山だね」

確かに。冬枯れの木々で覆われた灰色の山が、迫りくるように感じられるほど近くにある。民家と民家の間が広く、また、高い建物がないせいか、空がやけに広く見えた。

そして。

「雪が……超積もってるんですけど」

積雪十センチというところだろうか。

街っ子の僕が履いているのは、普通の革靴。一応、防水スプレーをふりかけてあるけど、本格的な雪道ではおまじない程度の効果しか望めないだろう。

それに、寒い。街中とは一味違う寒さだ。山の冷気だろうか。

僕はブルリと一つ身を震わせ、成瀬さんを見た。「どうするの、ここから」

「うーん。そうだなあ。うーん。ちょっと歩いてみようか」

僕の返答を待たず、成瀬さんは歩き出した。

僕は数歩遅れて彼女の後を追った。

成瀬さんが何を考えているのか、未だにさっぱり分からない。なんの目的もなく見知らぬ町をブラブラ歩くことに、一体どんな意味があるのだろう。

それとも、何か目的があるのか？


僕らの学校があるあたりと比べれば少しばかり鄙《ひな》びているが、なんの変哲もない町だった。もしここが、たとえば趣深い小京都の小路だったり、ゴンドラの遊ぶヴェネチアの街角だったなら、無言であろうが寒かろうが気にもならず、デートの如きいいムードになったかもしれないのに……なんてことを考えてしまうほど、普通の、平凡な、日本全国どこにでも見られるような、ありふれた住宅地だった。歩行者をあまり見かけないのは、半端な時間だからというのもあるだろうけど、雪が積もっているせいでもあるんだろう。時折、これまたなんの変哲もない乗用車が、雪を跳ねないよう遠慮がちに僕らの脇《わき》を走っていく。

やがて、川に至った。

橋を渡っていたら、その中ほどで成瀬さんはふと立ち止まり、欄干に近づいて、数メートル下を流れる川を覗きこんだ。そんなに大きくない川だ。雪のせいだろうか、流れは速く、少し濁っていた。

「黒部は私のどこが好きになったの」

不意に訊かれてギョッとした。

川面を渡る風が冷たく吹きつけてきた。冬の橋上は一際寒い。

全身に鳥肌が立ち、僕は体をギュッと縮めた。

「どこって」

そんなことを今さら訊いてどうなる？

僕はすでにふられているのだ。

「私なんかのどこがよかったの」

「……その、だって、いいカンジだよ、成瀬さんは。憧《あこが》れてる男子はいっぱいいるよ」

「周りがどう思ってるか知らないけど、私は自分に自信がないよ」

「何を仰います、一年女子部門グランプリを獲得した人が」

「そんなのは、肝心なときにはなんの役にも立たない」

思いのほか強い語調だった。

なんと返していいか分からず口ごもっていると、成瀬さんは再び歩き出した。

僕も再び彼女の数歩後ろについた。

ほんのわずかではあったが踏みこんだ内容の会話をしたことで、それまで僕と成瀬さんを隔てていた遠慮会釈という名の壁が、少し薄くなったような気がした。僕はさっきからずっと成瀬さんに訊きたいことがあった。今なら訊けるのではないか。今しか訊けないのではないか。僕は腹をくくり、成瀬さんの後ろ姿に向かって「あのう」と切り出してみた。「成瀬さん、さっき、好きな人がいるって、言ってたよね」

「うん」

「誰……とか、訊いていいかな」

「あんたも毎日見てる」

「あ、うちのクラスのヤツなんだ」

「ううん。違う」

あれ？　違うのか？　じゃあ、誰だ？　クラスメイト以外で、僕が毎日見てる人といえば、先生か、部活の人くらいだけど――

「え」
もしかして。
まさか。
由良先輩？
え？　えええ？　嘘だろ？
成瀬さん、由良先輩と接点あったっけ？
僕の顔を見て、成瀬さんはフンと鼻を鳴らした。
「誰を好きになろうが私の自由でしょ」
「そりゃ、そうだけど……でも、びっくりして」
そして僕は理解した。
分かりたくはなかったけど、分かってしまった。
成瀬さんがここまで強引に僕を引っ張ってきた理由。
——僕が、美術部の後輩だからだ。
僕から由良先輩の話をいろいろ聞けると踏んでいるんだ。
そうか。
だから僕をわざわざ連れ出したのか。

あんなに鮮やかにふられていながら、僕は、このトリップの意味を勝手に解釈し、心のどこかで「これはひょっとしてまだ可能性があるんじゃないか」なんて、淡く期待していたのである。

でもそれはやはり僕の願望でしかなかったようだ。

彼女はあくまでも事務的に僕を利用するつもりだったのだ。

そうか。

きみは酷い女だよ、成瀬さん。

僕が成瀬さんの頼みなら断れないことを分かっていて。

「ふう」

だからと言って僕は、ここでキレて成瀬さんを放って帰ったりしないのだ。

僕は開き直っていた。自棄《やけ》になっていたと言い換えてもいい。

由良先輩について訊きたいことがあるなら、なんでも訊くがいい！

あることないこと喋ってやるぜ！

予想に反して成瀬さんは僕に何も尋ねては来なかった。ただ黙って冬の田舎町をぶらついているのみ。本当に喋らないので、むしろ僕が気まずく感じるくらいだった。一時的に加熱した僕の頭も、時間を経るごとに冷えていき、今や余計なことを考えることもなく、ただただ成瀬さんの後をついていくばかりになっていた。

僕らは、脇道にそれることもなく、駅から続く太い道路に沿って歩いていた。雪は積もっていたが、この歩道を通勤通学に利用した周辺住民の皆さんが踏み固めていってくれたおかげで歩きやすくなっており、靴が致命的に濡れることはなかった。

ゆるい坂をひたすら下っていくと、突然、やけにでかい建物が現れた。どうやらこれは小学校だ。

成瀬さんはふと足を止め、ぴったり閉ざされた校門の隙間から小学校を眺めた。

こんなところでぼんやり突っ立って、警備員さんに見つかりでもしたら怒られるんじゃないかな……と、ちょっと心配になる。

長い沈黙の後、成瀬さんがぽつりと呟《つぶや》いた。「なんか懐かしい」

「え？　この小学校に何か思い出が？」

「全然。初めて来た」

「なんだ」

「でも、小学校って、見ると懐かしくならない？」

分からんではない。

目の前のこの小学校に限らず、この歳になってから改めて小学校という世界を見ると、その小ささに驚いてしまう。自分が小学生の頃は、すべてがジャストサイズだったのに。

校舎の窓には、無数の子どもたちのシルエットが映っていた。全員同じ方を向いて椅子に座っている。授業中なのだろう。当然だな。平日の午前だし。

小学校の裏手に回ると、成瀬さんは「わあ」と小さく歓声を上げた。そこはちょっとした広場だった。まだ誰にも踏み荒らされていない純白の雪が、一面に降り積もっている。

「わあい、わあい」

成瀬さんは雪原にザクザクと踏みこんでいった。

この広場、校舎に近い北側がなだらかな斜面になっており、反対側は雑木林に続いている。フェンスなどで区切ってあるわけでも注意書きがあるでもないが、位置関係を考えれば、ここが小学生たちのナワバリであることは間違いないだろう。彼らがマジメに授業を受けている隙をついて、この美しい白雪にいの一番にマーキングするなんて、ちょっと後ろめたい……と思いつつ、僕も「わあい」と雪原に踏みこんだ。許せ、子どもたち。新雪に足跡をつけるのって、なぜこんなに気持ちいいんだろう。

さあ、ここからどうしよう。雪だるまでも作っちゃう？　雪合戦しちゃう？

成瀬さんのほうを見たら、彼女は動きを止めて、広場の片隅を見ていた。はてどうしたのやら、と彼女の視線を追うと、そこには小さな焼却炉があった。小学校の設備だろうか。焼却炉の脇には空の段ボールがいくつか積まれていた。

成瀬さんはポンと手を打った。「ねぇ、黒部」

「はい？」

成瀬さんは斜面を指差し、

「雪の積もった斜面」

それから焼却炉のわきに積まれた段ボールを指差し、

「段ボール」

そして最後に、僕を指差す。

「そのココロは？」

僕はちんぷんかんぷんの表情で首をかしげた。

成瀬さんは「もー」と口を尖《とが》らせた。「ソリ遊びでしょ」

「はあ」

「よーし。じゃーガンガン行くわよ。何年ぶりかしら。小学校ぶり?」

「ソリって……え、今から? え、え、でも、」

成瀬さんは「大丈夫」と、おもむろに自分で自分のスカートをめくり上げた。

僕は思わず「ギャッ」と叫んでしまったが、視線はばっちりスカート周辺に固定されている。これは、しょうがないんだ、本能だから。

んで、問題の中身だが。

成瀬さんは、スカートの下に、体育のときに使う短パンを着用してらっしゃった。

「防寒はバッチリよ」

あー。

だよねー。

「当たり前でしょ。だいたい、下に短パンも穿《は》いてないのにいきなりスカートめくり上げたりしたら、痴女じゃない」

ですよねー。

なんとなく「すいませんでした」と謝ってみる。

成瀬さんは焼却炉のそばから段ボールを二つ、拝借してきた。焼却炉には、錆《さ》びてボロボロではあるがトタンの屋根がかかっているので、段ボールも雪の水分には晒《さら》されておらず、よく乾いていた。成瀬さんは段ボールを素手でバリバリと解体し（勇ましい……）、ぱたっと折りたたんだ。そして、足元は靴下とローファーのみ、という軽装備であるにもかかわらず、雪の積もった斜面を果敢にザクザクと昇っていった。

僕も慌てて段ボールを解体し、ついていく。

斜面の頂上に到着したところで、成瀬さんは段ボールを尻《しり》に敷いた。

「ナルセ、行っきまーす」

そして成瀬さんは地面を一度だけ蹴《け》り、非常に思い切りよく斜面を滑降していった。キャーという子どものような歓声が、寂れた広場に長く伸びる。段ボールのソリに蹴散らされた雪が舞う。

麓《ふもと》に至ってズザーと失速、停止して、立ち上がった成瀬さんは大きく手を振った。

「いいカンジ！　黒部も早く！」

急かされ、僕は「ハイハイ」とスタンバイ。

が。

いざ構えてみると……けっこう怖ぇーよ、コレ。

パッと見はなだらかだけど、上に立つと結構な急角度だ。

と躊躇《ためら》っているうちに、成瀬さんは斜面をザクザク昇ってスタート地点に戻ってきた。頬《ほお》を紅潮させて「あー、スリルー」と上機嫌だ。

「……それはようございました」

と言って僕はそのまま硬直してしまった。

だって……怖いんですもの……

どうしよう。

すると。

「何やってんのさっさと行きなさいよ」

成瀬さんに背中をドシッと押された。

ずるり、と動き出した感覚が尻に伝わる。

「ひっ⁉……」

ぐおっ、と、いきなりトップスピード。視界が白くなる。声も出ない。あまりの恐怖に僕は目を閉じてしまったが、それがいけなかった。僕はバランスを崩し、ステーンと横倒れになり、雪の上をゴロゴロ転がった。

醜態だ。

どこも痛くはなかったが、恥ずかしくて僕は起き上がれない。

あははは、と成瀬さんの笑い声が遠く聞こえる。

ズザーッと段ボールソリが斜面を滑降してくる音。

倒れ伏す僕のそばにカッコよく乗りつけた成瀬さんは「大丈夫？」と、半笑いだ。

「派手に転んだねぇ。目ェつぶったんでしょ。ダメだよ？」

「……はい」

それからしばらく、僕と成瀬さんはソリ遊びに淡々と熱中した。

特に成瀬さんのハマりっぷりは甚だしく、飲みこみのいい彼女のソリテクニックは三十分もするともはやアスリートの域に達しようとしていた。と言うと大袈裟《おおげさ》であるが。

成瀬さんほどハマれなかった僕は、早々と疲労し&飽きてしまったので、少し離れた場所でちょっと休むことにした。

雪の上に敷いた段ボールに、腰を下ろす。時間を見ようと思って携帯電話を取り出すと、メールを数件受信していた。ほとんどはクラスメイトからだったが、うち一件は太田からだった。


今日どうしたの？

もしかしてオレのせい？

僕は二組、太田は八組。教室の場所も結構離れている。それなのに僕の欠席（というかサボリ）を聞きつけたってことは、彼が僕の動向を気にしてたってことだろう。

太田は太田で、それなりに責任を感じているのかもしれないな。

だからってすぐさま許してやろうとも思わんが。

……そうだな、もうちょっとビビらせてやろう。ふふふ。口を滑らせた罰だ。

僕は携帯電話のボタンをコチコチと押し、思いつくがままメールを作成した。

僕はもうダメだ。
この上は、生まれ変わるしか道はない。
我、この身を魔道に投げこみ、
図書委員会を七代末まで崇《たた》らん。

うむ。我ながらヤバい文面だぜ。

自分の文才に慄《おのの》きながら、えいやっと送信ボタンを押す。

そしたらば、ほとんど間髪容れずに着信が来た。もちろん太田からだ。

オヤオヤと思って電話に出ると、太田が泣きそうな声でまくしたててきた。

『黒部、早まるな!!　今どこにいるんだ!?　オレが悪かったよ！』

「わははははは」

そうなんだよな。

太田って基本的にはいいヤツなんだよ。

『わわわ笑ってる!?　黒部しっかりしろ！　気を確かに！』

「冗談だよ、さっきのメールは。早まらねーよ」

『ええ!?』

「充電残量がヤバいんでもう切るけど、まぁ心配するな」

『おい、黒部!?』

「じゃーねぃ」

と、僕は一方的に電話を切った。

それから、仰向けに倒れこんだ。

「ははっ」

目を閉じて、ジッとする。

息も浅くして、死んだフリ。

段ボールを敷いているとはいえ雪の上に寝そべっているのに、不思議と寒さは感じなかった。

しばらくそうしていると、足音が近づいてきた。耳が地面に近いせいか、その音はやけに大きく鮮明に聞こえた。柔らかく小気味のいい音だった。そうか。雪を踏むとこんな音がするのか。

成瀬さんが僕の隣に座りこんだ。「楽しかった」

うん。そうだな。

僕も楽しかった。

失恋したばかりだってのに。

いい夢見させてもらったよ。

「あ、メールいっぱい入ってる」

成瀬さんは携帯電話をいじっているらしかった。僕と行動を共にしていたこの数時間、彼女は一度も携帯電話を取り出していない——明るくて可愛い成瀬さんには、友だちも多いはず。授業に出ていないことを心配するメールも、きっとたくさん受信しているだろう。

僕は目を開けた。

視界は薄墨を溶かしたような雲でいっぱいだ。

そっと身を起こす。「僕じゃなくてもよかったんじゃないかな」

「ん？」

内容が内容なので、責めているように聞こえないよう、穏やかな口調を心がける。

僕は怒っているわけではないのだ。

「えっと、だからさ、このエスケープの相棒は、僕じゃなくてもよかったんじゃないかな、って。だって、成瀬さんはもてるし。成瀬さんが頼めば、喜んでついてくる男なんて、いくらでもいるはずだ。それこそ、由良先輩も。あの人は授業をサボることに抵抗がないから、案外、頼めばここまで一緒に来てくれたかもしれないよ」

「誰それ」

「誰って……だから、由良先輩」

「黒部の先輩？」

「他に誰がいるんだよ」

「ふーん」

「ふーんて。由良先輩だよ？」

「だから、それ、誰」

ん？
ちょっと待て。
会話が嚙《か》み合っていない。
成瀬さんがこの期に及んで嘘をついたりそらとぼけるはずもない。
僕だ。僕が根本的なところで勘違いしているのだ。
つまり。
「成瀬さんの好きな人は、由良先輩じゃないの？」
「へ？　やだあ、違うよ！　なんでそうなるの、その人のこと知らないのに」
成瀬さんは立ち上がると、段ボールを引きずってドカドカと大股《おおまた》で歩き出した。
僕はぽかんとしていた。
成瀬さんの好きな人は、じゃあ、誰なんだ？

段ボールを焼却炉のわきに戻し、小学校を離れた。
来た道を戻っている。駅に向かうつもりなのだ。
帰るのか。

惜しいような気もするけれど、しかし僕は相も変わらず、黙って成瀬さんの後をついていくだけだ。

人々の足によってつけられた雪の中の道筋を、一列になって歩く。

「さっきの質問の答えだけど」と成瀬さんが突然切り出した。

ぼんやりしていたから慌てた。「え？」

「僕じゃなくてもよかったんじゃないか、っていうの」

「……ああ」

「誰でもよかったわけじゃない。私は黒部がよかったのよ」

ちょっとドキッとするセリフだな、それ。

成瀬さんの言う「黒部がいい」というセリフは「都合がいい」という意味であってそれ以上でも以下でもない、ということは、分かっているけれど。

それでも僕は彼女のことがもう少し知りたい。

「それは、どうして」

「黒部はタイミングがよかったから」

「なんのタイミング？」

「失恋のタイミング。私も失恋した」

「……ど、どういうこと」

「だから。私の好きな人には、好きな人がいたの」

「ああ、そう、なの。じゃあ、ホント、僕と一緒だ。あは、あはは」

言ってしまってから、笑えない内容であったことに気づいた。だって僕の失恋相手は他ならぬ成瀬さんである。

やべー、厭味《いやみ》に聞こちゃったかな。

焦ったけど、意外にも成瀬さんの後頭部は「そうなのよ」と縦に揺れた。

「失恋した者同士、理解し合える部分もあるかと思って。それで今日は黒部を誘ってみたの」

「……僕をふったのは成瀬さんだけどね」

「まぁね」

「あはは」と笑う声は我ながらパリパリに乾いていた。

成瀬さんもさすがに気にかかったらしい。

歩きながらも少し振り返り、「恨《うら》んでる？」

ちょっと面喰らってしまった。ウラムという、日常生活ではあまり聞かない単語が、やけに重々しかった。ムカツクとかウザイとか、そういう単語を使ってくれていたなら、ここまで戸惑ったりしなかったのに。

ウラム、か。

スキは転化するとウラムになるのだろうか。

僕は足もとに目をやった。「そんな。恨んだりなんかしないよ」

「そう?」

「うん。……あのさ、でも、一つ言わせてもらっていいかな」

「何」

「成瀬さんの好きな人には他に好きな人がいるって、もうすでに、はっきりしてるわけでしょ」

「うん」

「その人のこと諦めて、次行ってみようとは思わないの?」

たとえば、手っ取り早く僕とか。

未練がましい男と思われそうなので、さすがに口にはしなかったけど。

まあ、たぶん、みなまで言わなくても伝わってるだろう。

しかし成瀬さんはこの上なくきっぱり言った。「思わない」

「……そうですか」

「もともと見込みのない恋だったし」

「え？」

「それに、こんなことを言うと、なんて自惚《うぬぼ》れたヤツだと思われるかもしれないけど」

そう前置きして、成瀬さんは極めて冷静な口調で淡々と述べた。

「その人の恋がうまくいかなかったとき、慰めてあげられるのは私しかいないの」

なんだそれ。

わけが分からん。

僕の胸をざらざらしたものがかすめていった。

「だから、ごめんね」

「いいよ。だって……僕も、もともと、ふられてるし」

ちょっとなげやりな口調で言ってみた。

成瀬さんは何も言わなかった。

ただ黙々と歩く。

だいぶ経ってから成瀬さんは呟いた。

「黒部を誘ってよかった」

そう言われることを僕は喜ぶべきなのか嘆くべきなのか。

途中にあった個人商店で、パンと飲み物を買った。曇っているので太陽の位置が分からず、時間感覚も曖昧《あいまい》になっていたのだが、気づけばもう正午を過ぎていた。どうりで腹が減るわけだ。

駅に到着すると、まず時刻表を見た。この路線、朝夕以外は本数を抑えているらしく、この時間帯は特に少なかった。次の電車は三十分後。だいぶ時間があるが、まあ、メシをゆっくり食っていればいい。

僕と成瀬さんは待合室に入り、木製の長椅子に並んで腰掛けた。色褪《あ》せた座布団《ざぶとん》はぺったんこで、座り心地としては直に座るのとあまり差がない。

石油ストーブにはやはり火が入っておらず、待合室はかなり寒かった。が、外にいるよりはマシだろう……と思っていたら、おじいちゃんと呼びたい年頃の駅員さんがやって来て、「寒いでしょ」とストーブに火を入れてくれた。たちまち石油のにおいと熱気がもわんと漂い始める。

成瀬さんは「ありがとうございます」と弾んだ声で頭を下げた。僕もへこっと頭を下げた。駅員さんはニコニコと待合室を出て行った。

「いい人ね」

「うん……」

それより、平日のこんな時間にこんなところにいる高校生男女は、不審に思われなかっただろうか？

僕の心配をよそに、成瀬さんはごきげんだ。

「よかった。実はちょっと限界っぽかったんだよね」

と言うや否やローファーを脱ぎ、さらには靴下をスポーンと脱いだ。ほんのり赤く色づいた華奢《きやしや》なつま先が露になる。

「何やってんの！」

「え？　だって靴ちょっと濡れちゃったんだもん」

目のやり場に困って、僕は俯《うつむ》いた。「だからっていきなり脱ぐかなあ」

「靴下くらいで何よ。大袈裟な」

靴下を脱ぐという行為がどれだけ男子の心を掻《か》き乱すかお分かりになっていないようだ。

でも……考えてみれば、そうだな。雪の中であれだけ動き回っていたのだから、冷えきっていて当然だ。そこは気づいてあげるべきだったのかもしれない。僕は心遣いという点であの駅員さんに完敗したらしい。人生経験の差か……

「黒部は大丈夫なの？　靴」

「え、うん、まあ、そんなには」

「そう」

成瀬さんはストーブに裸足をかざしながら、僕はそんな成瀬さんのつま先をチラチラ見たり見なかったりしながら、パンをもそもそと食べた。

ストーブは赤々と燃え、待合室の中もだいぶ暖まってきた。風が吹くたびピシピシと軋《きし》みをあげる窓ガラスがうっすら曇り始める。他の乗客が訪れる気配はない。

パンを平らげてから、掌をストーブにかざした。ぬくもるにつれ血行がよくなっていく指先がちりちりとむず痒い。

成瀬さんの好きな人は、ずっと考えているが、未だに思い当たらない。

既出のヒントは、①僕も毎日見ている、②でも僕のクラスのヤツではない、③成瀬さんには目もくれず他の女に惚れている——

そんな男、いるか？

考えれば考えるほど、該当するのは由良先輩しかいないように思えるのだが。

しかしそのセンは成瀬さんにきっぱり否定されたわけだし、あとはもう、ホントに教師くらいしか……

「何を考えてるの？」

浮かせた足をぷらぷらさせる成瀬さんが、ふと言った。

僕は正直に答えた。「成瀬さんの好きな人は誰なんだろうと」

「まだ考えてたの」

「うん、まあ、やっぱ気になるし」

成瀬さんは小さく笑ったようだった。その手は、空になったパンの袋のしわを無為に伸ばしている。「さて、誰でしょう」

「うちの学校の人だよね？」

「もちろん」

「……教師？」

「ええ？　あはは。ないない。生徒だよ。同い年」

「うーん、じゃあ……まさかとは思うけど、小田？」

とりあえず、あてずっぽうで言ってみた。小田というのは、文化祭の美男美女コンテストで一年男子部門グランプリを獲ったヤツだ。グランプリ同士の縁で、一時期、成瀬さんと噂になったことがあった。

成瀬さんは思いっきり顔をしかめた。「やめてよ。やだよ。私、あいつ嫌い」

「あ、そうなんだ」

「そうだよ。あいつ、女を泣かせるのがカッコイイと思ってるみたいで、聞いてもいないのに女遍歴を自慢してくるんだよ。ちょっと顔がいいくらいで、えらそーに。グランプリなんかくれてやったせいで、さらにチョヅいちゃったみたいね」

「へえ」

小田も違うとなると、さて、では誰であろう。

再思三考してみるが。

「……分からーん」

「お手上げ？」

僕は力なく頷いてみせた。

成瀬さんは悪戯《いたずら》っぽく目を細めた。「黒部は今日も会ってるんだけどな」

面喰らってしまった。あまりにも意外なヒントだったので。

うちの学校の一年生で、僕が毎日目にしていて、でも僕のクラスのヤツではなくて、成瀬さんを失恋させて、そして、僕は今日もすでに目にしている——そんなヤツ、いるか？ いや。いない。どう考えてもそんなヤツはいない。だって、僕は今日、学校の敷地内にも入っていない。入る前に成瀬さんに拉致《らち》されてしまったのだから。

それなのに「今日も会ってる」とは、どういうことだ？　そんなヤツいるはずないのに……もしかして僕は、成瀬さんにからかわれているのか？

いや。

成瀬さんはそんなせこい人じゃない。

彼女自身がヒントとして提示する以上、これは真に受けるに値する情報であるはずだ。ちゃんと考慮するべきなのだ。

学校に入っていない僕が今日すでに目にしているということは……

バスか。

あのバスに毎朝乗っている人物なのだ。

あのバスの中で、成瀬さんと一緒にいるのは。

「ヒィちゃん？」

聞こえていないはずはないのに、成瀬さんは無反応だった。

正解だ。

成瀬さんの好きな人は、ヒィちゃんだ。

……ああ、そうか。

そうだったのか。

理解した瞬間、なぜだか僕の胸がしくしくと痛んだ。

しばしの沈黙の後、成瀬さんはニヤリと底の知れない笑みを浮かべた。

「女のことを本気で好きだなんて言う女、気持ち悪いと思うでしょ」

僕は慌ててかぶりを振った。「思わないよ」

「嘘」

「ホントだよ」

「ホントのこと言ってもいいのよ。黒部はもう私にふられてるんだから。遠慮することないのよ」

「遠慮なんかしてないよ。ホントのことを言ってるよ」

「嘘だ」

「なんでそんなに疑うのさ」

「私って最低でしょ」

「え」

「今朝ね、私、あのバスの中で、ヒィちゃんに、実は好きな人がいるって打ち明けられたんだ」

「あ」

「冬休みになる前に告白しようかと思ってるって言ってた」

話題があっちこっちに飛んで、支離滅裂なようだが、決してそうではない。

すべてはたった一つの話題に通じている。

僕は口を閉じ、聞き役に徹することにした。

「私、そんなこと、今まで全然気づかなかった。すごいショックだった。ヒィちゃんのことならなんでも分かってると思ってたのに。でも、ショック受けてることは絶対に気取られちゃいけないと思って。恋バナに喰いついたフリして、いっぱいアドバイスみたいなことを言って」

そうだ。確かに。今朝の通学バスの中で、成瀬さんはヒィちゃんから恋愛相談を受けていた。女の子同士、華やかな話題ではしゃいでいるように見えた。成瀬さんは「絶対大丈夫だよ！」「どうして！　ヒィちゃんなら大丈夫だよ！」と必死に言っていた。

あれは、本当に、必死だったのだ。

「私ね、ヒィちゃんに、ヒィちゃんなら大丈夫、絶対うまく行くって、力強く何度も言ったの。でも心の中では、ふられてほしいって思ってた。ヒィちゃんの恋がうまくいかなかったら、私が慰めてあげられる、慰めてあげられるのは私しかいない……そんなことばっかり考えてたの」

一息にそう言って、そして成瀬さんは自嘲《じちょう》じみた笑みを浮かべた。

「汚いでしょう」

僕はかぶりを振った。

それを見て、成瀬さんは少し首をかしげる。「黒部は、私のこと、軽蔑しないの」

「しないよ」

「気持ち悪いと思わないの」

「もちろん」

「どうして」

「どうしてって」

成瀬さんが懸念しているような不快感が僕の中には一切ない。

成瀬さんの真実を知ることができて嬉しいとさえ思っている。

僕はきっと、ヒィちゃんの隣に立って、イキイキ笑ってキラキラ喋って、恋してる成瀬さんを好きになったんだな。

僕は、成瀬さんにはいつもキラキラしていてほしい。そして、非常に残念な話だが、僕では成瀬さんにあんなステキな表情をさせてあげることはできないんだ。

「成瀬さんはいけないことは何もしてないし」

そして、二人して黙りこむ。

石油ストーブの燃えるかすかな音がよく響く。

自分の呼吸の音にも気を遣う。

成瀬さんの水色のコートからはいまだ雪の匂《にお》いがする。

やがて彼女は溜め息のようなかすかな声で「そうか」と呟いた。「私、そう言ってくれると思ってたんだ。黒部ならきっとそう言ってくれるって、分かってたんだ、きっと。だから打ち明ける気になったんだ」

遠くで踏切が鳴り始めた。

電車が近づいてきている。

「ごめんね」

「謝らなくてもいいよ」

僕は少し嬉しいんだ。成瀬さんにそう認識してもらえたことが。成瀬さんに恋している男なんてそのへんにいっぱいいるのに、どういう縁か、たとえ偶然であったとしても、僕だけがその認識を得ることができた。

「私、自分のことを聞いてほしかっただけなんだわ。ごめんね」

だから、謝らなくてもいいんだ。

身勝手はお互いさまなんだから。

僕は視線を落とした。

剝《む》き出しになった成瀬さんの足の指は、ストーブに暖められて、健全な血の気を帯びている。これは、何色と呼べばいいのだろう。単純に肌色などとは呼びたくない。不思議な色だ。白いというのではない。黄色いというのでもない。赤でも茶色でもベージュでもないだろう。どのメーカーのどの画材をどう混ぜればこの色は出せるだろう。僕にはできない気がする。由良先輩にはできるだろうか。

不思議な色を宿す成瀬さんは、もう一度「ごめんね」と囁《ささや》く。

そんな成瀬さんを、僕は、この上なく美しいと思うのだった。

△▽

彼は至極真剣な表情で言った。

「前から思ってたんだけどさ、うちの教頭って、ヤン・ファン・エイクの『アルノルフィニ夫妻の肖像』の男に似てるよな」

至極どうでもいい。

発言者は、うちの部長・由良である。

僕と由良先輩が座っているのは、最近学校の近くにオープンした、スタイリッシュなカフェ（笑）である。なぜ、よりにもよって僕と由良先輩だけで来ているかというと、由良先輩が「なんか甘いコーヒー飲みたい」と言い出したからに他ならない。それでこうして近場のコーヒーショップに来たわけだが、ミッドセンチュリーな内装の店内は相当オシャレで、雰囲気もよく、店員さんたちもイケており、実際女性客が多いし、ここに高校生男子二人が制服で入るってどうなの？ と、ボク的にはちょっと居心地悪し。一方、そういう細かいことは一切気にしない由良先輩は、マイペースにキャラメルなんたらかんたらラテを注文。僕は無難にブレンドコーヒーを注文。

で、禁煙スペースである二階席に移動。

由良先輩は、ご注文の品を一口飲んだところでいきなり顔をしかめ「甘い」

「甘いコーヒー飲みたいっつったのあんたでしょーが」

「だってこれマジで飲めたもんじゃない級のゲロ甘だよ」

「そういうことは思ってても店の中では言わないでください」

「ごめん」

そして由良先輩は黙った。僕も黙った。

その後しばらく、女性客やカップルで賑わうオサレなコーヒーショップで、特別うまいとも思えないコーヒーを、男の先輩と差し向かいでしずしず飲む……という、如何《いかん》とも形容しがたい時間が流れた。

あー、今日の晩ごはん、何かなぁ。（現実逃避）

店内にうっすら流れるBGMが、流行のクリスマスソングになった。クリスマスをあなたと過ごせることが嬉しいよ～♪ みたいなハピネスな曲だ。ちッ。呪《のろ》われろ。

すると、由良先輩はおもむろにテーブルに頬杖《ほおづえ》をつき、目をキラキラさせながら「もうすぐクリスマスだね」と、女子が付き合い始めたばかりのカレシに向かって言うようなセリフを、よりにもよって僕に向かって吐くので、僕は「そっすね」と、極めてドライに応じる。

「せっかくだしさー、美術部でなんかやろうぜ」

「えっ、意外」

「なんで」

「由良先輩は、クリスチャンでもないのにメリークリスマスと連呼して騒ぐウカレポンチを、大した理由もなく毛嫌いする人かと思ってました」

「んなことないよ。俺はイベントを大事にする男だよ」

「よく言うよ！　文化祭の美術部展示の準備も店番も放っぽり出して、シャボン玉に興じてたのはどこのどいつだ」

「文化祭はちゃんと参加したよ」

「ああ、うん。してたしてた。ゲリラとして」

と、ここまでやりとりして、なんか知らんがドッと疲れた。

僕はだいぶぬるくなったコーヒーを、舐《な》めるようにチビチビ啜《すす》った。

「ていうか、いいっすよ。僕は。どうかお構いなく。二人でどっかステキスポットに行ったほうがいいっすよ」

するとと由良先輩は、心底不思議そうに首をかしげた。「二人って、何？　なんで？」

「どうしてって、あのね、『クリスマスなんだから』という意識があるんなら、仲間内でっていうより、主に女性を喜ばせたほうがいいんじゃないですか、と申し上げてます。そんな日にまで一緒にくっついてたりしたら、僕、お邪魔虫以外の何者でもないじゃないすか」

するとと由良先輩はむうと膨れた。「そんなふうに思ってたのか？」

「え？　いや、だって」

「あのねぇ」由良先輩は溜め息まじりに腕組みした。「俺は今、美術部の話をしてる」

「はあ」

「俺と吉野《よしの》の二人で美術部じゃないだろ。今は俺と吉野とくろべえで美術部だろ。その上で俺は美術部でなんかやろーぜと言ってるんだけど……くろべえには、自分が美術部の一員であるという意識は、ないわけ？」

「そ、そんなことないですけど」

「ならいいじゃん。十二月二十四日、美術部でなんかやろう！　って、もちろん、くろべえのほうで個人的な予定が入ってて非常に忙しい、という事情があるなら、無理強いはしない」

「いや、」

その日はヒマでヒマで死にそうです。

むしろ死にたい。

「大丈夫です、空いてます……」

由良先輩は「よっしゃ」と手を叩いた。「じゃーさ、鍋《なべ》しよーぜ、鍋。クリスマス鍋！思いっきし芸術的な鍋にしような、美術部だから」

「先輩、それは胃が爆発することも辞さない覚悟で臨めという意味ですか」

「違うよ。フツーにヘンな鍋しようってこと」

そもそも「フツーにヘンな鍋」というのが日本語的におかしいのだが。

この時点で判明したことは、由良先輩は単に「飲んで食って騒ぎたい」、もしくは「自宅ではできないような変わり鍋をしたい」くらいのことを考えている、ということだ。別に、クリスマスそのものを楽しみたいわけではないのだ。

つまりは「いつも通り」なのだ。

非日常に疲れた僕は、このとぼけた「いつも通り」に救われる。

救われていることに気づいてしまって、僕は、なんとなく、泣きそうになる。

……泣かないけどな！　男の子だし！

△▽

イレギュラーなのはあの日だけだった。

味を占めてサボリが癖になってしまったということはない。あの日からこっち、僕は、代わり映えしない毎日を、淡々と、文句も言わずにこなしている。

朝、バスに乗る。運転席側の列の前から二番目、一人掛けのシートに腰掛ける。そこで学校前のバス停に到着するまでの間、参考書や漫画を読んだり、うたた寝したりしている。僕のそばには、成瀬さんとヒィちゃんが立ち、取り留めのないお喋りをする。目的地に到着したら、他の学生と共にバスを降りる。校門をくぐる。上履きに履き替える……

特別なことは何もない。

学校を目前にしてバスに飛び乗ったりしない。

聞いたこともない駅で降りたりしない。

見知らぬ町を当て所なく歩いたりしない。

段ボールでソリ遊びしたりしない。

成瀬さんと二人っきりで喋ることも、ない。

だが、それが普通なのだ。今は普通であることが最優先だ。自分に何がどれだけできるかもまだ分からない今の僕がやらなければならないことは、この「普通」の中にあるはずで、だから僕はとりあえず「普通」を尊重する。

ほんの少し、物足りない気もするけどね。

そう思っていた、ある日。

僕は、奇妙な成瀬さんを発見してしまった。

それは実に奇妙な成瀬さんだった。

奇妙な成瀬さん以外の何ものでもなかった。

放課後、部活へ赴くべく美術室を目指している途中だった。東棟四階の廊下。ちょうど曲がり角になっているところで、成瀬さんが壁にピッタリ身を寄せて突っ立っていたのである。

……何をやっているのかな。

物陰から顔を半分だけ出して、何かをひそかに見守っているらしい。見守ることに熱中しすぎて、わりと至近距離にいる僕にさえ気づく様子はない。

声をかけるべきだろうか。それとも見なかったフリをして立ち去るべきだろうか。

どうするべきか迷いつつ、成瀬さんの視線を追う。

この廊下の突き当たりにあるのは、第二視聴覚室のドアだ。その前に佇んでいるのは――ヒィちゃん、だ。彼女と向かい合って喋っているのは、一人の男子。短く刈った髪に日焼け気味な肌で、運動部っぽい雰囲気だ。……もしかして、彼なのだろうか、ヒィちゃんが好きな人というのは。

それにしても、あの二人、ずいぶんいい雰囲気だ。

ひょっとして、ヒィちゃんの告白はうまくいったのかな……

立ちすくむ僕の気配をようやく察したか、成瀬さんがハッと振り返った。

僕とバッチリ目が合う。

「あ」

「う」

一文字ずつ呻《うめ》いて、そして二人して黙りこんだ。

気まずい。

失恋したにもかかわらず、告白を奨励したという立場上、失恋相手の恋がうまくいったことに喜ばなくてはいけない成瀬さん。

そんな成瀬さんに失恋した僕。

失恋相手が恋のお相手と仲睦《むつ》まじく微笑み合っている場面を、物陰からこっそり見つめていた成瀬さん。

そんな成瀬さんを背後からガン見していた僕。

お互いなんとも複雑な立場である。

しかし、こうして黙りこんだままというわけにも行かない。

僕はとにかく差し障りのない話題を口にしてみた。「さ、寒いね」

「……そうね」

「えーっと、その、大丈夫？」

「何が」

え。何がって訊かれると困るんだけど。

僕は、成瀬さんにそろりそろりと歩み寄った。「あの、えっと、」

「私は、ぜ、全然、どど動揺なんかしてないんだから」

大いに動揺している口ぶりでそう言ってのけた成瀬さんはギクシャクときびすを返し、ギクシャクしたまま立ち去ろうとして、しかし足をもつれさせ、挙句、何もないところで蹴《け》躓《つまず》いてパターン！　と転んだ。

その拍子に、あろうことか、スカートがぺろりと際どくめくれた。

ハッと息を呑《の》んでスカートを押さえる成瀬さん。

同じくハッと息を呑んで目を逸らす僕。「大丈夫？」

「大丈夫よ」何事もなかったかのように立ち上がった成瀬さんは、制服をパタパタはたきつつ、ジロリと僕を睨《にら》んだ。「……見えた？」

僕は必死の思いでかぶりを振った。「見えておりません」

「ホント？」

「ホントです。もし見えていたら冷静ではいられません」

「そう」

「ていうか、今日は短パン穿いてないわけ？」

「穿くわけないよ。だってタイツ穿いてるんだよ？」

そのへんのルールは僕にはよく分からんのだが。

プイとそっぽを向いた成瀬さんは「じゃあね」と立ち去ろうとする。

「あ！　待って、成瀬さん！」

僕の声に驚いて、成瀬さんはギクリと立ち止まった。「何？」

「あの……実は、渡したいものがあったんだ」

小脇に挟んでいたクリアファイルからハガキサイズのカードを一枚取り出し、おそるおそる手渡す。

僕の臆病風が伝染《うつ》ったのだろうか、成瀬さんも、おそるおそるといった様子でカードを受け取り――

パッと顔を輝かせた。「わ！　何コレ？」

僕が美術部の活動内で作り上げた、スクラッチングの小作品だ。ハガキサイズに切り落とし、ラミネート加工してある。図柄はクリスマスっぽくしてみた——トナカイとサンタが、楽しげにソリ遊びしている、というもの。

「まあ、その、メリクリってことで……つまらないものですが、お納めください」

成瀬さんは「ふえー」と気の抜けるような声を発しながらカードをまじまじと眺めた。

「ああ、あの、そんなに見つめられると恥ずかしいんだけど」

「ねえ、これ、もしかして、黒部の手作り？」

「う。はい」

「すごい！」

おお。喜んでくれたみたいで一安心だ。

こういうハンドメイド系をプレゼントするってのは、けっこー賭《か》けだもんな。「何これダサっ」とか「手作り？　サムっ」とか、そういう素振りがちょっとでも見受けられたら、まず一週間は立ち直れない。

「えーっと……その、いらなかったら捨てて」

「捨てるわけないでしょ、こんな可愛いもの」

……あー。卑屈なことを言ってしまった自分の女々しさに幻滅。

ここ大事なところなのに！

挽回《ばんかい》するべし！

言いたいことをビシッと言うんだ！

男らしく！

さあ！

「あのね成瀬さん、この際はっきり言っておきたいんだけどね、」

僕の表情が硬かったのと、僕の言い方が悪かったせいで、成瀬さんは「何よ」と警戒した様子だ。

あ〜。違うんだ。ビビらせたいんじゃないんだ。ごめんよ。

うまく行かねーなー。

仕切りなおしの意味をこめて、僕は咳払《せきばら》いした。

「えーっとね、あのー、うん……僕は、成瀬さんのこと諦めるよ、すっぱり」

成瀬さんはきょとんとした表情で小首をかしげる。

直視できなくて、僕は少し俯く。

「んで、成瀬さんのこと、応援するよ。ホントに。それだけ覚えといて」

何も言わない成瀬さん。

何も言えない（というか呼吸もままならない）僕。

そして、何も言わない成瀬さん。

……うう、なんか言っておくれ。

僕の神経がいよいよ沈黙に耐え切れなくなりそうになったとき。

「それをわざわざ言いに来てくれたの？」

成瀬さんが溜め息のような声で言った。

なんとも照れくさくなり、僕は「いやぁ、まあ」とモニョモニョ言いながら頭を掻いた。

「ありがとう、黒部」

そう言って成瀬さんは、僕の贈ったクリスマスカードを胸に抱いた。

「大事にするよ」

その一言で、僕はすごく報われる。

彼女を好きになってよかったと思える。

だから僕は、何があっても彼女の味方でいよう。

成瀬さんはきびすを返した。「そろそろ行かなきゃ。部活があるの」

「うん。僕もだ」

「じゃ、またね、黒部」

「うん、また……」

さらさらの髪をふわりと翻し、廊下を駆け去る成瀬さん。

彼女の後ろ姿を見つめながら、自問する。


どうでしょう？

ちょっとは男らしかったでしょうか、今の僕は？


自問なので、答えが降ってくるわけではないが……

そのとき、制服ズボンのポケットの中で携帯電話が震えた。メールを受信したらしい。かなりビビった。だって、このタイミングだよ？　なんかちょっと天啓っぽいじゃないか、なんてことを考えつつ、携帯電話を取り出す。

由良先輩からだった。

おいおい。こいつぁますますソレっぽいぜ。しかもタイトルが「重要なお知らせ」と来たもんだ。なんだよなんだよ。少し身構えながら、メールを開く。

クリスマス鍋のダシのベースですが、
俺の独断でキムチ系に決定です。
くろべえは辛いの大丈夫だよな?
ニラをたくさん入れようね。
クリスマスだから。

こらえきれず、僕は腹を抱えて笑った。
いつも通りだ。
はっはっは!

Run! Girl, Run!

四月って嫌い。

望むと望まざるとにかかわらず、新しい環境に放りこまれてしまうから。

たとえば、学校のクラス替え。

生徒の気持ちなんてお構いなしの、事務的で無慈悲な恒例行事。

一年という短くない時間をかけてお互いを知り合い、ようやく気心が知れてきたクラスメイトたちが、三月、当たり前のように解体され、ほとんど一から編成し直される。「フリダシに戻る」って感じで。そして、四月。再び始まる気疲れの日々。

私みたいに人見知りが激しくて口下手で外見も冴《さ》えない人間には、特に気が重い。「新しい環境を楽しみたい」とか「友だちを増やすチャンス」とか、ポジティブに考えられる人にとっては、クラス替えも楽しいものなんだろうけど……

「はぁ」

クラス替えって、なんで一年に一回あるんだろう？

新しいクラスになって早十日。クラスメイトの大半は、仲良しグループを作り、自分の居場所を確保し、リラックスしてクラスに馴染《なじ》み始めていた。しかし私は、不安と緊張を、始業式当日となんら変わらない重さで、抱えたままだった。

いや、孤立しているというわけではない。私も、特定のグループに属してはいる。でも私は、そのグループの娘《こ》たちと、あまり打ち解けて喋ることができないでいた。表面上は親しげにしてるけど、お互い、やっぱりどこかムリしてる感じ……

こうなってくると、学校に行くのも気が重くなる。

休日も、学校の友だちと遊びに行くわけではなく……だって、そこまで親しい友だち、まだ、いないし。前のクラスで仲が良かった娘たちは、きっと、新しいクラスの友だちと遊ぶだろうし。

だから、ここ最近の休日はいつも、隣町にある桜叔母《さくらおば》さんの店に遊びに行っている。

叔母さんは、私のお父さんの妹で、まだ独身。梅野《うめの》桜という、非常に花々しい名前を持っているけど、性格はサバサバしてて豪快で、どちらかというと男らしい。「日本は狭い」というのが口癖で、仕入れと称してしょっちゅう日本脱出し、世界中を飛び回っていた。

そんな叔母さんが切り盛りしているのは、世界中から集めた雑貨やアート作品を取り扱う、ギャラリー兼ショップ。お客さんは、いつも、あんまり来ないんだけど……

でも、だからこそ、落ち着く。

私はそんな叔母さんの店が大好き。

今日も、叔母さんの店に、夕方になるまで入り浸るつもりだった。

バスに揺られて十分ほど。駅前の停留所で下車する。

この駅の改札前には、ちょっとした広場がある。ここに設置されている噴水っていうのが、地元民に待ち合わせ場所としてよく使われていて、今日みたいな休日ともなると、人待ち顔の老若男女で混み合うようになる。

そんな人々の中に、私は見知った顔を見つけた。

同じクラスの竹本《たけもと》さん。噴水の縁に浅く腰掛けて、携帯電話をコチコチいじっている。

誰かを待ってるのかな?

竹本さんは、男子にも女子にも分け隔てなくフレンドリーに接するから、人気者で、他のクラスにも友だち多いみたいだし、何事にも積極的だし、だから、すぐさまクラスの中心的存在になった。それに、女の私から見ても、カワイイ。ファッション雑誌の読者モデルやってるって噂があるくらいだ。

私服の彼女を見るのは初めてだけど……やっぱりカワイイ。チェック柄のワンピースがよく似合う。でも、ああいうシンプルな服って、竹本さんみたいなカワイイ娘が着るからカワイイんであって、私みたいな冴えない女子が着ても、地味になるばかりで、あんまりパッとしないんだろうな……

竹本さんが身に着けていると、それがどんなものであっても、センスのいいもののように感じてしまうから、不思議だ。長靴のようなブーツも。パールホワイトの携帯電話も。その携帯電話にぶらさがっているストラップも。彼女が持つと、ありふれた烏龍《ウーロン》茶のペットボトルさえオシャレな小道具に見えてしまう。

私とは正反対の存在だな……

そんなことをぼんやり考えながら、駅前広場を足早に通過する。

商店街の外れに、叔母さんの店はある。

年季の入った和風建築だけど、窓やドアは洋風で、雰囲気があってステキだと思う。ドアベルの鳴る音を聞きながら店内に入ると——珍しく、お客さんが一人いた。

店の真ん中にデンと置いてある古びたソファにゆったり座り、輸入雑貨のカタログをめくっているのは、日本人ではなかった。金髪碧眼《へきがん》、白人の男の子。

しかも……わー、美少年。

なんとなく気圧されてしまった私は、彼になるべく近づかないよう、店の端を歩いて遠回りをして、レジに入った。

「叔母さーん？……」

レジ奥から続く隣の部屋は、倉庫兼作業場みたいな扱いになっている。

ここで叔母さんは、何かの書類を手にしつつ、大きなバランスボールに座り、プヨプヨと上下運動していた。

……営業中なのに。

叔母さんは私に気づくと「あら。丁度よかった」と言った。

「え？」

「ちょっとこっち来て」

バランスボールから下りた叔母さんは店に向かい、白人少年に声をかけた。それから私を示して、流暢《りゅうちょう》な英語で「姪《めい》の茉莉《まつり》だ」ということを言った。

今度は私に顔を向け、

「彼は、ウェズリー・ラングトン。アメリカにいる知人の息子」

「はぁ」

「この春から、そこの駅の前にある専門学校に通うことになってる。というわけで、しばらくうちで面倒見るから」

「ホームステイ、みたいな？」

「そうね」

……えー。

イヤだな……

他人にズカズカ入ってこられたくなかったのに。

店だけは、季節を経ても変化のない、安らぎの場だったのに。

学校や世間とは違うと思ってたのに。

店も、変わっちゃうのか……

などと考えていると、ソファから腰を上げたウェズリーが、さらりと言った。

「Nice to meet you, Matsuri. How are you ?」

わあ。

話しかけられちゃった。英語で。

どうしよう。

ここは「Fine. Thank you」とか答えればいいんだろうか。学校の授業で習ったように。

答えなくちゃ、と思った。でも声が出なかった。「間違ってたらどうしよう」とか「きっと発音がうまくないから恥ずかしい」とか、そんなことばかりを考えてしまって。

そうやって私がオロオロしている間に、叔母さんが言った。

「あんた、これから時間あるでしょ」

「え」

イヤな予感。

ウンと頷くのが躊躇われて、私は俯いた。

「あるんでしょ。店に来るってことは、ヒマなんでしょ」

「…………」

「じゃあさ、ウェズリーってばこの街来たばっかで地理とか全然分かってないからさ、案内してやってよ。あたし、仕事の電話受けなきゃいけないから、店離れられないんだ」

やっぱり。

肩にズシッと重石が載った気分だった。

「でも、叔母さん、私……」

「ん？」

「ムリ……案内なんてできない……」

「なんで」

「英語とか話せないし……」

「そんなの気にしなくていいわよ」

私の弱々しい拒絶をあっさり切り捨てると、叔母さんはウェズリーに、おそらく「この娘が案内する」的なことを言った。

するとウェズリーは、思わず怯《ひる》んでしまうほどイキイキと輝く眼差しを、私に向けた。

「Let's go！」

というわけで、私とウェズリーは街を並んで歩くことになった。

でも、案内して喜んでもらえそうな場所なんて、私、知らない……

この街で一番ステキなのは叔母さんの店だもん……

それに、私、英語喋れないんだから、まともな案内なんかできるわけないし。

ウェズリーは、何度か私に話しかけてきた。内容は……たぶん、そう難しいことを尋ねているわけではないんだろうけど、ネイティブの発音だし、ほとんど聞き取れなくて、私は、首をかしげたりかぶりを振ったり、というリアクションしか取れなかった。

私に喋る気がないのを感じ取ったのか、そのうちウェズリーも話しかけてこなくなった。

言葉は分からないけど、ウェズリーが気さくないい人、っていうのは分かる。だからこそ余計に、この状況を申し訳なく思う。けど、でもやっぱり、私にはどうしたらいいか分からないのだった。

二人して無言のまま、休日の街をぎこちなく歩く。

それにしても……ホントにキレイだなぁ、ウェズリーって。

髪は、いわゆるブロンドなんだけど、キンキラキンじゃなくて、落ち着いた色味。

ビー玉のような青色の瞳。

白い肌はツルツルだし……

なんだか、お人形さんみたい。

……キレイなのは、いいんだけど……こんなキレイな人と並んでいると、自分の冴えなさが際立つような気がして……なんだか、打ちひしがれてしまう。こんなところ、知ってる人に、特にクラスの人とかに見られたら、イヤだな……

そうこうしているうちに、駅前通りのファッションビルに到着した。洋服屋の他には、そこそこ大きい本屋やCD屋、無印良品やスタバなんかが入ってるビルだ。この街で、若い人に紹介して格好がつく場所なんて、ここぐらいじゃないだろうか。

ビル内に入ったけど、会話がないのは変わらずだった。ウェズリーが興味を示したっぽいテナントに入り、彼の気が済むまで見て回り、また次の店へ、の繰り返し。それはまるで何かの事務作業のように思えた。

ウェズリーは、足取りも軽く、わりと興味深げに見て回ってるけど。

ホントに楽しいのかな？

楽しそうなフリしてるだけじゃないかな？

そんなことばかりが気になってしまう。

「梅野さん？」

女の子の声に呼び止められたのは、エスカレーターで四階に上がったときだった。

振り返ると、そこに立っていたのは——竹本さん。

「あ」

こんにちは、なんて言うのもおかしいよね……と考えている間に、竹本さんは「やっぱり梅野さんだー」と親しげにそばにやってきて、ウェズリーに興味津々な視線を向けた。

「何。何。すごくカッコイイね、彼。人ごみの中でもぶっちぎりで目立つよ。誰なの？」

「あ、えっと……私の叔母さんの家に、ホームステイすることになった人で」

「名前は？」

「えっと……ウェズリー」

「英語圏の人？」

「うん」

「そっか」と頷くと、竹本さんはウェズリーに向き直り、いきなり英語でスラスラと自己紹介を始めた。ビックリするくらい流暢な英語だった。

そしてウェズリーもまた、竹本さん相手に、水を得た魚のようにイキイキと喋りだした。

弾む会話。

なんだか疎外感。

始業式当日の教室に入っていったときの気持ちを、鮮明に思い出す。

自分がここにいてはいけないような。いるだけで、今まさに友だちを作ろうと努力している人たちの邪魔をしているような。

「…………」

いたたまれない。

ふと会話が途切れたところで、私は竹本さんに思い切って話しかけた。

「あ、あの……英語、うまいんだね」

「え？　ああ、ありがと。まぁ、私、ＥＳＳだし。それなりに、ね」

「いーえすえす……」

学校の文化系部活動の一つで、英会話っぽいことをしてるってことは、なんとなく知ってたけど……ここまで英語ペラペラになるんだ。

竹本さんって……ホントに、すごいな……

「……竹本さん、今、ヒマ？」

叔母さんの店に向かう前、私は、竹本さんを駅前広場の噴水そばで見かけた。あそこにいたってことは、誰かと待ち合わせしてたってことだと思うんだけど――でも竹本さんは今、一人でいるように見えた。

竹本さんは「そうなのヒマなのー」と口を尖らせた。

「今日、友だちと映画観に行く約束してたんだけどさー、なんか、ドタキャンされちゃって。一人で観る気になれないし、家に帰るのもつまんないし、これからどうしようかなって思ってたトコ」

「……じゃあ、ウェズリーのこと、案内してあげてくれない？」

この申し出に、竹本さんは目を丸くした。「えっ？　でも」

「あの、私……用事あったの、思い出しちゃって。すぐ帰らないといけないんだけど、ウェズリーを放っとくわけにいかないし……でも、竹本さんが一緒にいてくれるなら、助かる……」

ウェズリー本人は、自分のことを話題にされているのが分かっているのかいないのか、目をくりくりさせて、話しこむ私と竹本さんを、交互に見つめていた。

「うーん」

「ど、どう？　竹本さんさえ、都合よければ……」

竹本さんはニッコリ笑った。「よーし、分かった。いいよ」

「……ありがとう。じゃあ、よろしくね」

私は二人に背を向け、その場から離れた。できる限りの早足で。

すぐ帰らないといけない用事なんか、あるわけない。

でも、きっと、こうしたほうがよかった。

ウェズリーにとっても、いい選択だったに違いない。

私も御役御免になったわけだし。

「これでよかったんだよ……」

そう呟いてみた途端、胃のあたりがジクジク痛んだ。たぶん罪悪感ってヤツだ。

目的もなくダラダラ歩いていると、ブランコと、ティラノサウルス型の滑り台と、砂場しかない公園を発見した。人っ子一人いなかったし、それに、なんだか歩き疲れていたので、私は公園に入って、ブランコに腰掛けた。

ただ黙って歩いていただけなのに、ひどく体力消耗していた。

……ウェズリーは、私のこの行動を、どう思ったかな。

傷ついただろうか。

傷つけたいわけじゃなかったんだけど……でも、コレ以上に最善、という案が浮かばなかったんだ。

「それだけなんだよ」

って、そんなの、今ここで言ったってウェズリーには伝わらないし、逃げていることには変わりないんだから、言い訳にしかならないけど。

……今後しばらく、叔母さんの店には、行けないな。

気まずいもん。

ふと、人が近づいてくる気配がしたので、顔を上げた。この公園に遊びに来た子どもたちや親子連れだったら、さっさと立ち去ろうと思っていたんだけど――歩み寄ってきたのは、笑顔でヒラヒラと手を振るウェズリーだった。

私は飛び上がらんばかりに驚いた。

「なんで!?　……え、追いかけてきたの!?　どうして!?　竹本さんは!?」

ウェズリーは笑顔のまま首をかしげた。

……そうだよね。日本語でまくしたてても分かんないよね。だからって英語でなんと言えばいいか分からないから、私はただ俯いた。

ウェズリーは、隣のブランコに座った。

「……どうして？　せっかく竹本さんに案内頼んだのに……私なんかより竹本さんといるほうが絶対楽しいよ。竹本さんならきっと面白い場所いっぱい知ってるから、案内してもらうのも楽しかったはずだし。私が案内してほしいくらいだよ。竹本さん、英語もペラペラだったじゃん、私と違って。会話できるほうがいいでしょ？　この街のこと、いろいろ教えてもらえばよかったのに。それにさ、竹本さん、カワイイし……私と違って……」

あー、私、すごくイヤなこと言ってる……

まぁ、でも……いいよね。

どうせウェズリーには何言っても伝わらないんだから。

「……竹本さんと私って、どうしてこうも違うんだろ？　竹本さんは、今の自分をすごく楽しんでるって感じがしない？　でも私はそういうことが素直にできないの。どうしてだろ？　同じ日本人で、同じ学校で、同じ年齢なのに……人生楽しそうな人と楽しくなさそうな人って、何が違うのかな？　外見？　そんなの生まれ持ったものでしょ、今さら直せないでしょ？　それとも、性格？　性格を直せばいいの？　でも性格ってどうすれば直せるの？……」

ウェズリーはブランコに座ったまま、微動だにしない。

なんだか、お人形さんに話しかけてるような気がしてくる。

……まぁ、確かにコレ、ほとんど私の独り言のようなものかもね。

でも、独り言だからこそ、いいんだ。

だって、恥ずかしくて他人には聞かせられないよ、こんなの。

「春になるたび思い知らされるよ、自分は取り柄のない人間なんだなぁって。もちろん、私だってね、こんな自分をどうにかしたいの。でもどうしていいか分かんない。だから、いつまでたっても変わらないまんま……」

なんだか、ふと、可笑《おか》しくなった。

「ふふ……日本語の分からないウェズリーにこんなこと言ってもしょうがないのにね」

「分かるよ」

それは確かにウェズリーの声なのに、確かに日本語だった。

驚いた私は思わず顔を上げ、隣のブランコに座るウェズリーを見た。

ウェズリーは、あのビー玉のような青色の瞳で私を見返しながら、改めて言った。

「分かるよ、日本語」

「……えっ？」

「分からないなんて、一言も言っていないはずだ。僕もサクラも」

「えええええ？」

ただただ言葉をなくすばかりの私を眺めながら、ウェズリーはニヤリと笑った。

「そういう表情を、鳩が豆鉄砲食ったよう、って言うんだろうな」

澱《よど》みなく言うその様は、最早「日本語が分かる」なんて可愛らしいレベルじゃなかった。完璧《かんぺき》な発音。完璧な文法。そのへんのチャラ男が使う日本語より日本語らしい日本語じゃないだろうか。

これまで英語ばかり喋ってた白人の男の子が、急に日本語を喋りだした。

まるで、吹き替えの洋画を観ているような。

何かの冗談なのではないかとさえ思った。

「……ホントに、分かるの？　日本語」

「逆に訊くけど、マツリには、僕が今何語を喋っているように聞こえるわけ？」

「じゃ……じゃあ、なんで英語喋ってたの？……」

「なんでって、だって英語は僕の母語だもの」

「そうじゃなくて！……なんで日本語喋れないみたいなフリしてたの？　日本語が分かるなら、日本語で喋ってくれればよかったのに……」

するとウェズリーは少しばかり眉《まゆ》をひそめた。

「マツリだって日本語ばかり喋っていたじゃない。英語が完全に分からなかったわけじゃないんだろう？　お互いさまさ。それに、マツリ、君は、日本語にせよ英語にせよ、僕とコミュニケーション取ろうという努力を、少しでもした？」

「え……」

「そもそも会話をする気がないのなら、何語を使うかなんてのは問題じゃないよ」

そう言われて……急に恥ずかしくなった。

どうせウェズリーには言っても分からない、なんて、そんなナメた考えでいるから、こうして恥をかいてしまう。

ウェズリーも大概意地が悪いけど……私ほどじゃない。

私ってホントに……なんでこんなに……

　っていうかちょっと待って！

私はワ――ッと立ち上がっていた。弾みでブランコの椅子がガチャガチャ揺れた。

「ぜぜぜぜ全部聞いてた⁉　私が言ってたこと全部⁉」

「聞いていた、というか、この場合は、一方的に聞かされていた、というほうが、日本語的に正しいと思う」

自分の顔がカ――ッと赤くなったのが分かった。私は次の瞬間、頭であれこれ考えるより先にもうダ――ッと駆け出していた。

「マツリ!?」

さすがに仰天したらしいウェズリーが叫ぶが、私は止まれなかった。

恥ずかしい!

穴があったら入りたい!

というわけで私は、ティラノサウルス型の滑り台の、おなかのあたりに空いていた穴から内部に飛びこみ、内壁に取り付けられたハシゴを登り、おそらくはティラノサウルスの頭部にあたる箇所に空いたほんのわずかなスペースにもぐりこんで、膝《ひざ》を抱えた。

走ったのはほんのわずかな距離なのに、息が切れて、心臓がバクバク言っていた。

ウェズリーは日本語が分かる、って知ってたら、あんなみっともないこと、あんな本音……誰にも言えなかったような本当の気持ち……ダラダラ聞かせなかったのに!

「マツリ?」

と、ひどく困ったような声が、下から響いてきた。

この滑り台は、ティラノサウルスという勇ましい姿をしてるけど、やはり子ども用の遊具だけあって、かなり小さいし狭い。背の高いウェズリーはうまく入ってこれないようだった。

内部に侵入することを諦めたウェズリーは、しばらく、ティラノサウルスの周りをウロウロしていたようだが――

やがて、滑り台の外壁を、コンコンとノックする音。

「Anybody home？」

狭い空間にウェズリーの声がこだまする。

でも私は返事をしなかった。

「……聞こえているものとして言うけどね、マツリ」

「…………」

「さっきの、『どうして追いかけてきたの？』という質問だけど」

「…………」

「よく考えてみなよ、マツリ。僕が、君と彼女とを比べて、君を選ばないわけないだろ」

「？……」

「だって、マツリは、いつもサクラのところに遊びに来ているんだろ？ で、僕はそのサクラのところに厄介になっている。つまり、僕らはこれからも頻繁に顔を合わせる機会がある。でもミス・タケモトはそうじゃない、少なくとも僕にとっては。だろ？」

まぁ……そう、ね。

ウェズリーが続ける。

「今日だけしか会わないかもしれない人間を優先して、今後とも付き合っていかなくちゃいけない人間と微妙な関係になるなんて、賢くないと思わない？　日本滞在中、ずっと気まずい想いをしなくちゃいけなくなるのは、ゴメンだな。僕はマゾじゃない」

……なんだ。そういうことか。

まぁ、そりゃそうだよね。

ウェズリーの言うことはいちいちもっともだ。

「というわけで僕は、今後の僕のためにも、君と和解したい。できれば、今すぐ。君はどう？　僕と和解して、今後の付き合いを円滑なものにする気はない？　それとも、残りの一生をこのティラノサウルスの中で過ごす？」

そんなわけない。

私はそろりと立ち上がり、ハシゴを下りて、外に出た。

ウェズリーは、欧米人らしいオーバーリアクションで「やぁ、女の子が暴君の腹から生還したぞ」と、おどけて言った。

「……ウェズリー」

「なんだい、Girl」

「ほ、他の人には秘密にしてね」

「何を？」

「私がさっき言ったこと。ウェズリーに聞かせてしまったこと。恥ずかしいから……ウェズリーの胸の中だけに留めておいて。絶対、誰にも言わないでね……叔母さんにもだよ！」

ウェズリーは笑って頷いた。「そんなに恥ずかしがらなくてもいいとは思うけどね」

「恥ずかしいよ！」

「そう？　いい目標だと思うけどね。『今の自分をどうにかしたい』っていうのは」

「…………」

「マツリさえその気になって、目標達成に向けて努力すれば、ね」

「……それは、分かってる……でも」

「『どうしていいか分かんない』って？」

「う、ん……」

ウェズリーは「そうだなぁ」と腕組みした。

「とりあえずまず『動く』ってことから始めてみれば？」

「え？」

「だって、マツリ、君はついさっき、だしぬけに突っ走ったけど、あれは、『どうしていいか分かんない』って追い詰められた末の行動だっただろ？　でも、あれはなかなかいい走りっぷりだったよ。ほんの短い距離だったけど、目を瞠《みは》ったね、僕は」

「………」

「そして結果的に僕とマツリは打ち解けたわけで」

「……ん？」

「つまり、ジッとしてるよりは、がむしゃらでもなんでも、とにかく動いてみることで、突破口が開けるってことだろ？」

「そう？　かなぁ？」

「そうさ。だって、ジッと黙っていたって解決はしていなかった。だろ？」

……そう、かもしれない。

私はウェズリーに向かって、ぎこちなく、ではあったけど——頷いてみた。

頑張れば……私は、変われるだろうか？
変わりたい。今の自分がイヤだから。
だから……動け。動け。私。まずはここから。

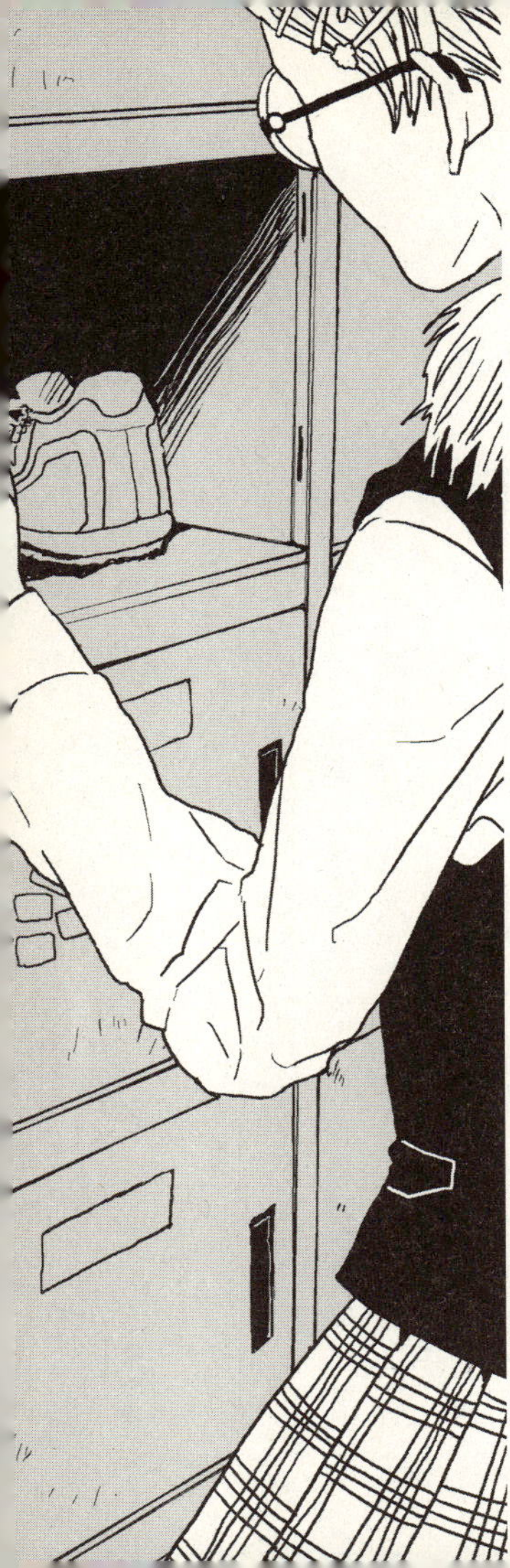

タカチアカネの
巧みなる小細工

ウチの高校はアルバイト禁止だが、僕は隠れてこっそりバイトをしている。しかも、複数掛け持ちだ。放課後、週四回で総合病院近くの花屋の店員。夕食時以降は、近所の定食屋でホールスタッフ。土日は、そのときの気分によって日雇いバイトを入れたり入れなかったり。

別に、金に困っているというわけではない。女に貢いでいるわけでもない——ただ単に、バイトが好きなのだ。高校生でバイトが好きなんてちょっと変わっているかもしれないが、でも、寝る間を惜しんでゲームをするゲーム好きな人がいるように、暇さえあればバイトをしていたいバイト好きの人の人もいて、僕はそういう人なのである。

毎夜のバイトが響いて、朝はいつも「寝坊→遅刻」のコンボをかましてしまうのだが、最近は僕自身も周囲も、もう慣れてしまった。遅刻しても「またあいつか、しょうがねーなぁ」と思われる——そういうキャラを確立してしまえば、こっちのものなのである（何事もポジティブに考えよう）。

この日も、僕が生徒玄関に入ったとき、ひと気はもうすっかりなかった。「図書室でしばらく時間潰して二時間目から出席しようかな」などと考えつつ、2年1組の下駄箱前で、靴を履き替えていると――

「ねぇねぇそこの君」

突然かけられた声にギョッとして、振り返る――柱の陰から、顔を半分だけ出してこちらを見ている女生徒が、一名。分厚いレンズの縁無しメガネとピンで留めた前髪の組み合わせが、あどけないというか垢抜《あか》けないというか。

いつからそこに潜んでいたものか、彼女は不敵な笑みを浮かべていた。

「いい話あるアルよー。儲《もう》け話アルよー」

……なんだこのフシギちゃんは。

こういうのにはかかわらないのが吉だ。僕はさっさとその場を立ち去ろうとした。

「あ、ちょっと待って！」

謎の女生徒は慌てて僕の前に飛び出し、

「あたし、タカチアカネ。2年6組です」

いきなり自己紹介した……ん？　2年？　なんだ、こいつ、同学年《タメ》なのか。ガキくさい顔してるから1年かと思った。

一応「なんか用？」と訊くと、タカチアカネなる女生徒は、持っていた手提げ袋から、何かを取り出した——円形の、クッキーの缶だった。そしてタカチアカネは缶の蓋《ふた》をポコッと開けると、僕に差し出した。

「見て」

言われるがままに覗きこむ——缶の中には、人形がゴロゴロと入っていた。サイズはピンポン球より一回り大きいくらい。ＵＦＯにまたがったエイリアン、といった造形。二種類あるようだったが、どちらも頭部に携帯ストラップになる紐《ひも》がついていた……これは、何かのマスコット人形だろうか？　でも大量生産品ではなく、ハンドメイドのように見えた。

「これが、何？」

僕は何気なく尋ね——

そして、少し舌ッ足らずなその口調で、彼女ははっきり言ったのだった。

「あたしね、これをこの学校で売りたいの」

「……売る？」

「そうでーす」と、人形の一つを摘み上げて、僕の目の前にぶら下げる。

僕はそれを受け取った。細部までまじまじと眺めてみる。

やはりこの人形、大量生産品などではなく、ハンドメイドみたいだ。ほんの小さな鉄片や、バネの切れ端、ビーズやボタン、丸いプラスチック……などなど、ありふれたものや廃材を利用しており、だからといって造りが雑だったりどこかが歪《ゆが》んでいたりということもなく、きちんと体裁を保って、精巧に組み立てられている。これはこれで一つの技術、あるいは身近なアートというヤツ、なのだろう。

「これ、あんたが作ったの？」

タカチアカネは首をブンブン横に振った。「違いまーす」

「じゃあ、誰が作ったの？」

「ナイショ」

「なんだそりゃ。まぁいいや。で、何って？　これを売るって？」

「そー。個人的にはかなりいけると思うのねー。だってホラ、カワイイでしょ」

まぁ、カワイイっちゃカワイイが「カワイイだけじゃ売れないだろ」

「えー、なんで？」

「カワイイだけで売れりゃ誰も悩まないって。売れるには、何かこう、付加価値がないと」

「フカ？」

「プラスアルファっていうか……たとえば、有名なクリエイターがデザインしましたとか、限定生産でこの世に十個しかないとか、これを持ってると幸せになれるとか。なんかそういう、イワクはないの？」

「あっ、あるよ、ある！」と、タカチアカネは目を輝かせて言った。「親戚《しんせき》の間では手先が器用なことで知られる人がデザインと制作を行っておりまして、今現在この缶の中にある十二個しかこの世には存在しておりませんで、で、えっと、これを持ってると幸せな気分にならない？」

「……そう」付き合ってられん。「頑張ってね」

僕は手にしていたストラップを缶の中に戻し、タカチアカネに背を向けた。足早にその場を立ち去ろうとする。

ところがタカチアカネは、そんな僕に追いすがってきた。「ねぇ待って。話聞いて」

「なんだよもう。売りたきゃ勝手に売ればいいじゃん。僕は関係ないし……あっ、言っとくけど、僕、いらないから。買わないから」

「ううん、君には売らないよ。君にはね、その、手伝ってもらいたいの」

「はい？」思わず足を止めてしまう。

「君にね、このコたちを一個五百円で販売する係、やってほしいの」

と、僕の手にクッキー缶を押し付ける。

この瞬間、時間にしてみればほんの数秒といったところだろうが、僕の頭の中では怒濤《どとう》の勢いで種々様々の疑問が湧《わ》いて出て、しかしその疑問群は冷静を極める内なる声によって片端から制止あるいは相殺され、そして最終的に僕の口から出た言葉は「なんで？」

「ん？　なんでって？」

「なんで僕がそんなことやんなきゃいけないわけ。あんたが自分でやればいいじゃん」

「自分でやれてたらやってますぅー」

「なんだよそれ、あんたじゃ無理ってことか？　なんでできないんだよ」

「あたしのことはともかく！　とにかく君にやってほしいの」

「だからそこが分かんないんだって。どうして僕なんだ？」

と、そこでタカチアカネは唐突に声をひそめた。「君、学校にナイショでバイトしてるんだよね？」

「え？」

「花屋さん」

確かに僕は放課後、週四日、総合病院前の花屋でバイトをしている。

僕はバイト先を選ぶとき、なるべく学校関係者と遭遇しなさそうな場所・職種であることを重視するようにしている……が、しかし、高校生だから通勤可能な区域も限られてるし、その中でということになると、「ここなら絶対に学校関係者と遭遇しない」と断言できるようなバイト先なんてものは、まぁ、ほぼないと言っていい。ましてや総合病院なんて、それこそいろんな人が出入りするわけだから、その中に、僕の顔を知っているウチの学校の生徒が混ざっていたって、不思議でもなんでもないわけだ。

「……してるけど、なんだ、なんか文句あっか。それとも、それをネタに脅す気か？」

「違う違う！」とタカチアカネは慌てた様子で否定し、それからちょっと照れくさそうに言った。「あのね、あたしね、君がバイトしてる姿を見かけたことがあるの。病院に用があって、それで、お花屋さんの前を通ったとき。……君さ、制服のまま働いてたことあるでしょ」

「……あー」

確かに、ある。一度だけ。

あれは、まだ冬服だったから、四月末あたりだったか。抜き打ちの補習で居残りさせられ、一旦家に帰る時間がなくなり、制服のままバイト先に向かったことがある。

僕は、学校は思う存分遅刻するが、バイトに遅刻することをよしとはしない。

僕が勤める花屋は、仕事中はエプロンを着けるだけだから、制服は隠しようがない。でもそのときは、まぁいいか、学校関係者らしき人が来たら店の奥に隠れりゃいいや、くらいに考えていた。

それがまさか、その日に限って生徒に見られていたとは。

「ウチの学校ってバイト禁止じゃない？　だから君がウチの制服着たまま働いてるの見かけたときは、あぁーいけないんだぁーって思ったんだけど」

「ふん」

「でも、バイト中の君って、すごく頑張ってて、すごく活き活きしてて」

「……ん？」

「本当に楽しそうに働くコだなって思ったの」と、てれてれしながら言うわけだ。

「そりゃ、どうも……」なんだいなんだい。そんなふうに言われたらこっちまで照れてしまうじゃないか。「でも、それとこれと、どういう関係があるわけ？」

「うーん、なんていうか……君は、お金のためというよりは、なんだか、バイトそのものを、純粋に働くっていうことを、楽しんでるように見えて……だからあたし、そういう人になら、販売係を任せてもいいかな、と思った、の」

「なんだそりゃ」

「あたしはあたしの直感を信じるよ！」

「ううん」

「だから、ね、お願い！　販売係を頼まれて！　君が一番適任だと思うの！　もちろんタダでとは言わないよ。君には売上の半分あげる」

「えっ、そんなに？」

せいぜい7：3か6：4を提示されるかと思ったのに。

それが、まさか折半とは。

「うーん」

悪い話じゃない、かな。

それに何より、おもしろそうだ。学校でこっそり物を売るなんて。

僕は大きく頷いてみせた。「よし、分かった。やろう」

「やった！」

タカチアカネは、文字通り飛び上がって喜んだ。

「ところで、こいつら、名前は？」僕は、ストラップの詰まった缶をポンポンと叩いた。

「え？」

「このキャラクターだよ。名前くらいはあるだろ。教えといてくれよ」

「名前はないよ」

「……そっか」

「都合悪い？」

「そうだなぁ、名前はあったほうが何かと便利だよな」

「じゃあ、今つけちゃおう」と、一回り小さいタイプを指差し、「こっちは、ペケぽん」

……ペケぽん。

いや、まぁ……いいけど……

そしてタカチアカネは、もう一方を指差し、「こっちが、マルティネス」

「待て待て待て」

「何？」

「名前のテンションに差がありすぎだろう」

「そんなことないよ。ペケぽんとマルティネス。×《ペケ》と◯《マル》。カワイイじゃない」

「いやいや……せめて、ペケ子とマル太郎、くらいに歩み寄らないと」

「えー。太郎？……」

「はいはいもう決定決定。じゃあ、売上を報告したりするから、メアド教えて」

「あたし携帯電話持ってない」

「あ、へぇー」

今の時代に高校生なんかやってるにもかかわらず、ケータイを所持していないなんて、逆にカッコイイ。周囲に流されず我が道を貫いている、ってカンジじゃないか。やるな、このフシギちゃん。僕は素直に感心する。僕はといえば、バイトを複数掛け持ちしてることもあるし、ケータイは必需品になっているのだが、ケータイなんて持たずに済むなら持たないに越したことはないと思っている。あったらあったで便利なのは確かなんだけどね。

僕は首を捻《ひね》った。「じゃあ、連絡どうしようか」

するとタカチアカネはビッと挙手し、「はいはーい。いい考えがありまーす」

「なんだ?」

「んっとねぇ、君はバイトがあるから、いつも一目散に帰るんでしょ。でもあたしはそうじゃないんですよ。そこんとこの時間差を利用してやり取りするのです」

「というと?」

「まず君が、その日一日の売上を紙に記して、放課後、自分の下駄箱に入れておく。あたしは下校するとき、君の下駄箱からその紙を回収する。あたしはその売上具合を見て、君の手元にある分が品薄になりそうだったら、翌朝、君の下駄箱に商品を充分な数、入れておく。ということは、君はいつも通り遅刻気味に登校してくるだけで、スムーズに補充分を受け取ることができるわけです」

「……ん？　補充？　あれ？　あんたさっき、この缶の中にある十二個しかこの世には存在してないって言わなかったか？」

「そりゃー言葉のアヤってヤツです。在庫はちょぴっとだけどあるし、今後も随時新規制作していく予定です」

「あ、そうなの」

「そうなのー。安心して売りまくりたまえ」

「ということは……ふむ。商品の発注と受け渡しを、僕の下駄箱を介してやるわけか」

「アカネさんあったまいいー」

「じゃあついでにそこで売上金の受け渡しもやっちまうか」

「へ？」

「僕は、その日一日の売上を記した紙じゃなく、売上金の五割を、僕の下駄箱に入れておくから、あんた、それを回収しろ」

「えー、でもでも、現金をそんなとこに放置しておくのは危ないと思います」

「僕の下駄箱なんか誰も開けねーって」

「んー、でもでも」と、口を尖らせる。「大事なお金だしなー」

「なーにを大袈裟な。一個五百円だったらどんなに売れてもそんな大金にはならないよ」

「んー……」

タカチアカネはなんだかんだウジウジ言っていたが、最終的には妥協し、

「じゃあ、頼んだよ。よろしくね」と明るく言って駆け去った。

というわけで。

僕は、謎《なぞ》のマスコットの販売を任されたのであった。

とりあえずまず、身近なところから当たってみることにした。「千里の道も一歩から」だ。クラス内外の友だちに「人助けか募金と思って、これ買わない？」と持ちかけてみた。僕の友だちはいいヤツばかりだから、誰か一人くらい、買ってくれるだろう。
友人Ａ「何これ？　ストラップ？　いらない」
友人Ｂ「うーん、間に合ってるっていうか……ごめんね？」

友人C「僕は人助けも募金もしない主義だ」
友人D「なんだいきなり？　何企んでる？」
友人E「五百円!?　高ぇよ！」

前言撤回だ。友だち甲斐《がい》のないヤツばっかりだ。

まったくなんなんだ……と憤っている一方で、「まぁこれが当然の反応だよな」と冷めた目で現状を俯瞰《ふかん》している自分も、確かに存在している。だって、もし僕が逆の立場で、売りつけられる側の人間だったら、ソッコーで「いらん」と答えているだろうから。

そりゃあ、なぁ……よっぽど「気に入った」とか「一目惚れした」とかじゃない限り、この歳で、こんなストラップ、五百円出して買わないよなぁ。

これはもう、フツーに売っても埒《らち》が明かないだろう。可及的速やかに一計を案じる必要がある。初見の人にも「ほしい！」と強烈に思わせる何かがなければ。このままでは、缶にある分どころか、一個を売りさばくことすら難しいだろう。

何かいい案はないだろうか……って、そんなの、いきなりパッと思いつかないよなー。すぐに思いつくようなことで商品がホイホイ売れてたら、世の企業は広告や宣伝に砕身しやしませんて。今この瞬間、日本で最も広告塔の必要性を痛感している高校生は僕だろう。

で、結局、初日は一個も売れなかった。

そんなこととは知らぬタカチアカネは、放課後、義務として僕の下駄箱をのぞくだろう。そこで何もレスポンスがないと訝《いぶか》しく思われるかもしれないので、僕は手持ちのルーズリーフに『売上0でした。』と書き、帰り際、自分の下駄箱に突っこんでおいた。

考えてみれば、誰かに手紙を書くなんてずいぶん久しぶりな気がする。小学校の頃、遠いところに転校してしまうというクラスメイトに、クラスのみんなで手紙を書いて以来だ。今は猫も杓子《しやくし》もメールでやり取りする時代だからな。

それはともかく。

問題はこいつらをどう売るか、だ。タカチアカネの軽いノリに乗せられて、軽ーく請け負ってしまったが……もしかしたらこれって、かなりの難題なのかもしれない。無数のペケ子とマル太郎が入ったクッキー缶が、カバンの中で、なんだか急に重さを増したように感じられた。

□■□■

翌朝。僕はこの日、遅刻をギリギリ免れるタイミングで登校した。しかしもうほとんどひと気はない。生徒玄関に入り、自分の下駄箱を開け「ん？」

上履きの上に、白い封筒がちょこんと載せられていた。中には薄いピンクの便箋《びんせん》が一枚入っている。広げて、目を通してみる——そこには丸っこい文字でこう記されていた。

メッセージありがとでした☆
がんばってくれてるんだね。×子と○太郎も喜んでるヨ！
これからコツコツやってこう☆☆☆

便箋の余白には、ペケ子とマル太郎のイラストが書いてある。なかなかうまい。

……ふん、カワイイ真似してくれるじゃないか。そうかそうか、僕のあのメッセージがそんなに嬉しかったか……んん？　なんだ。顔がやけに熱いぞ。おや、おかしいな。なぜ僕は赤面しているんだ。これは……べっ、別に嬉しいからとかじゃないんだからね！　と思わずツンデレ化。赤面しているという事実に、僕自身がなぜか狼狽《ろうばい》していた。ううっ。おのれ、赤面《コレ》ばかりは己の意志でどうすることもできん。

そのとき、複数の人間がぞろぞろと生徒玄関《こちら》に近づいてくる音がした。「うっ⁉」別にやましいことなど何もないのだが、タカチアカネからの手紙を制服ズボンのポケットにつっこむと、僕は慌ててその場から離れた。

サッカー部員数名の後ろを、キャピキャピと朝っぱらからやたら賑《にぎ》わしい女子多数がついてくる。彼女らはマネージャーなどではなく（サッカー部のマネージャーは二名いるが、どちらも男子である）、いわゆる「追っかけ部隊」だ。今の今まで、サッカー部の朝練を見守っていたのだろう。ご苦労さまなことだ。

彼女らのお目当ては、我が校屈指の男前、「ニコヤカ王子」宮崎《みやざき》だ。僕はヤツと同じ中学だったので、顔を合わせればそれなりに喋るのだが、こいつがまた顔ヨシ・頭ヨシ・運動神経ヨシで、さらにけしからんことには性格までヨシ、と来ている。まさに学園のアイドルになるべくして生まれたような男なのだった。そんな彼だから、行く先には必ず女子の声援がついて回る。我が校のみならず、他の学校にまでファンがいるというのだからマジモンだ——

ん？　今なんか引っかかったぞ。

……追っかけ部隊……学園のアイドル……広告塔………初見の人間にも「ほしい！」と強烈に思わせる何か……

「ふむ」僕は名探偵のように顎《あご》に手を当てた。「やってみる価値はあるか」

休み時間。僕は2組の宮崎を人目のつきにくい階段下に呼び出し、マル太郎のストラップを強引に握らせた。

宮崎は怪訝《けげん》な顔をしていた。「なんだこれ？　何を企んでるんだ？」

「いーからいーから」と言いつつ、ケータイのカメラを構えながら距離を取り、「お前の笑顔を女の子たちが待ってるんだぜ。さぁ笑って！　はいっ、一たす一は⁉」

「に」

ケータイカメラのシャッターを押す。パシャッ。

うむ。さすがニコヤカ王子。いいスマイルいただきました。

僕のケータイメモリーに、宮崎の画像が保存された。

昼休み。僕はある場所に向かった——部活棟二階の端にある、空き部屋。いつもここに屯《たむろ》しているのは、朝見かけた「追っかけ部隊」の中でも、特に熱烈な活動をしている娘《こ》たちだ。ここはいつの頃からか、宮崎ファンクラブ本部みたいなものになっちゃっているのだ。

扉を開けた瞬間、むわっと化粧品のにおいがして、なんとなく気圧される。

室内には女子が六人いた。六人それぞれが、なんの前触れもなく突然現れた僕に、胡散臭《うさんくさ》げな視線をくれる。「何よあんた」「なんか用？」

僕はずんずんと室内に入り、怯むことなく（ホントはちょっと怖い）言った。

「宮崎が最近何にハマってるか知ってるか？」

すると彼女らは口々に答えた。

「木曜深夜にやってるアメリカのTVドラマ」「キシリトールガムのシトラスミント味」

「通販化粧品の男性向けラインナップから発売されている洗顔料とあぶらとり紙」

……そうなのか。知らなかった。知りたいと思ったこともないが。

それはともかく。

僕は挑発的にニヤけてみせた。「なんだ。思ってたより情報が古いな」

途端、場の空気がピリッと張り詰める。

「なんですって？」

彼女らの、氷のように冷ややかな眼差しを一身に受けながら、僕は思わせぶりに聞こえるよう努めて言った。「流行は常に変化しているのだよ。いつまでも同じ情報にしがみついて満足してちゃいかんね」

「何よ偉そうに」「あんたにミャーくんの何が分かるっての？」

「まぁ、少なくともお前らより一歩リードして宮崎の最新情報を握っていることは確かだ。なぜなら、宮崎が今最もハマっているのは――これだから！」

僕はケータイを取り出し、休み時間に撮った宮崎の画像を表示して、水戸黄門の印《いん》籠《ろう》みたいに煌々《こうこう》と突き出した。

すると、彼女らは一斉に椅子を蹴って立ち上がり、目を皿のようにして身を乗り出し、僕を押し倒さんばかりに迫ってきて（怖いよう）、僕のケータイ画面にクギヅケになった。

「何これ!?」

「こ、これは……マル太郎という、つい先日世に出てきたまさに最新のキャラクターなんだ。このマル太郎には、ペアになるべくして生まれたペケ子というメスのキャラクターがいるんだが、マル太郎を男が、ペケ子を女が持っていると、彼らの故郷であるへへホプロピレ星雲から発せられる電波の影響で、お互いに引き寄せられてしまうという。ステキな恋人をお探しのあなたにはうってつけのアイテムなのだ」

我ながらよくこうもスラスラと嘘が出てくるもんだと思う。

「……こんなの初めて見るわ！」

でしょうね。

「ミャーくんは今これにハマってるの？」「やだ、あたしとしたことがこんな大事なことを見落としていたなんて……」「他校の女はまだ気づいてないわよね？」「ちょっと、ねぇ！　どこに売ってるの？　これ」

よしよし、喰いついてきたな。

僕はケータイを引っこめ、さらなるセールストークを展開する。

「さすがというべきか、宮崎はそんじょそこらのファンシーショップでモノを買ったりしないんだなー。これは、市内の某セレクト雑貨ショップで売り出されたものだ」

繰り返しになるが、我ながらよくこうもスラスラと嘘が出てくるもんだと思う。「職人が一つ一つ手作りしてるものだから、そんなに数もない。現在も品薄状態が続いているらしい」

「そ……そうなの」彼女らが目に見えて落胆する。

「――だが今ここに、僕が極秘ルートで入手したペケ子がある」

そうして僕はカバンの中から、おもむろに、あのクッキー缶を取り出す。

彼女らの目の色がガラリと変わったのが分かった。

「店頭販売価格よりも安く、一個五百円で提供しよう！　どうだ！」

「いえーい」僕は廊下で小躍りしていた。

一気に六個も売れたのだ！　宮崎サマサマだ。

売上は三千円。半額の千五百円は僕の財布へ。残り半額はタカチアカネへ。放課後、僕はルーズリーフの切れ端に『×《ペケ》6』と書き、タカチアカネが今朝使用した白い封筒の中に、そのメモと千五百円を納め、僕の下駄箱内にちょこんと置いて、そそくさと帰宅の途についた。

タカチアカネの驚く顔が目に浮かぶようだ。彼女は「すごい！」とはしゃぐだろう。「やっぱり君に頼んでよかった！」などと言うかもしれない。いい気分だ。ふははは。

その日、定食屋でのバイト中、お客の注文を取りながらふと思ったのは——僕がその気になれば、この売上金はいくらでもちょろまかせるんじゃないかってこと。つまり、ホントは三千円の売上があったにもかかわらず、「今日は二千円しか売れなかった」とホラを吹き、タカチアカネに対して千円しか包まず、残りの二千円を自分の懐に不当に納めることも可能なんじゃないか、ってことだ。

タカチアカネの提案した「下駄箱でやり取り作戦」は、聞いた瞬間は実に画期的だと思えたが、よくよく考察してみると、けっこー穴だらけなのだった。そしてタカチアカネ自身はそこんとこにたぶん気づいてない。

ま、実際にはしないけどね。そんなセコいこと。

僕は守銭奴ではないのである。よかったなタカチアカネ。

□■□■

翌朝。いつも通り遅刻気味に登校した僕は、ひと気の少ない生徒玄関に入り、自分の下駄箱を開けた。中には茶色い紙袋が入っていた——奇妙な感覚だった。見慣れた下駄箱の中に異質な物体がある違和感。目に見えない曖昧な存在が予定通りに動いてくれたという心地良さ。そんなものが混在して、そう、奇妙な感覚。

僕は、下駄箱の中の紙袋を手に取った。その中身がなんであるかなど分かっているはずなのに、袋を開けるとき、なぜかワクワクした。紙袋の中には案の定というかごく当たり前にというか、もちろん補充分のペケ子数個が入っていた……この新たなペケ子どもも、近日中に僕に売りさばかれるのだ。ふははは。

そして紙袋の中には、タカチアカネ手書きのメッセージも添えられていた。


売れたんだね！　やった！　いきなり6コも売れたなんてスゴイ！！！

最初信じられなかった！　嬉しいな！

やっぱり君にお願いして大正解だったみたい。

×子4コを入れておくよ。この子たちもヨロシクね☆

よしよし、ヨロシクしてやろうじゃないの。僕は紙袋をカバンに入れ、教室に向かった。

その日は、授業の間もずっと「次はどう攻めるか」について考えていた。

宮崎ファンクラブに売りこむっていう作戦は、もう使えない。他校にも、宮崎のファンクラブみたいのはあるわけだが、でも彼女らに売りこむとなると、当然僕自身が他校にまで赴かなければならないわけで、いくらなんでもそこまでできない。

昨日の僕のひらめきは、発想はよかったが、持久力に欠けるものだったのだ。それに、ペケ子ばっかり売れてもバランスが悪い。マル太郎も手に取ってもらえるような売り方を考えなければ。

僕はぼんやりと考える。

やっぱ、恋愛感情にからめてさばくのが、確実だろーな。

昨日、僕が行き当たりバッタリで口走った「マル太郎を男が、ペケ子を女が持っていると、彼らの故郷であるへへホプロピレ星雲から発せられる電波の影響で」云々というイワク。アレはその場しのぎでホントにテキトーに言ったんだけど、でもこれを利用するのも、アリじゃないだろうか？

休み時間。僕は、クラスメイトが各々のスタイルで時間を潰す教室内に、静かに視線を巡らせた——やがて、自分の席についてケータイをいじってる男子生徒一名を、ロックオン。彼の名は、逢坂《おうさか》。ほんの数日前、カノジョができたと喜んでいた……確か、自分から告ったんだったよな。

僕は席を立ち、逢坂に近づいていった。

「なぁ、逢坂」

「うん？」

「これをやろう。『カノジョできた記念』として、プレゼントだ」

そうして僕は、マル太郎を逢坂の手に押し付ける——このマル太郎は、僕がポケットマネーで購入し、私的にプレゼントするものである。広告費の一部と思えば安いもんだ。この分の五百円は、もちろん売上に含める。

逢坂は受け取りつつも、訝しげな表情だ。「なんだいきなり？　お前そんなキャラじゃないだろ。何を企んでる？」

「なんでみんな、僕がちょっと変わったことをすると『何を企んでる？』って言うんだ」

「日頃の行いが善くないいんじゃないか」

「失敬な」

……いや、実を言うと、逢坂を利用して「逢坂の告白が成功したのはマル太郎をお守りに持っていたから」という噂を流そうと画策しています。もちろん実際は「告白が成功した男にお守りを持たせた」だけなのだが、時系列をちょっと替えて「お守りを持っていたから告白が成功した」というふうに見せかけよう、と考えています。そしてこれをモデルケースとし、「ペケ子とマル太郎は恋のお守りになるよ！」と銘打って売り出せれば！　と、考えています。若干（いやかなり）セコいことは否めないが、それもこれも、僕とタカチアカネのビジネス成功のためなのだ。友人の恋愛さえも利用するこの形振《なりふ》り構わずっぷりに僕の商魂を感じてほしい。

「ところで、これはどういうことだ？」と、逢坂が手の中のマル太郎を揺らす。

来たな！

ここからが僕の腕の見せ所というヤツだ。

「そいつの名はマル太郎。今、話題沸騰のマスコットキャラクターだ」

「話題沸騰？　いや、俺は初めて見るけど」

「おっくれてるー！　このマル太郎には、ペアになるべくして生まれたペケ子というメスのキャラクターがおり、マル太郎を男が、ペケ子を女が持っていると、彼らの故郷であるヘヘホプロピレ星雲から発せられる電波の影響で、お互いに引き寄せられられてしまうという……そんな言い伝えがあって、只今絶賛恋愛中の女子高生の間で、静かなブームとなりつつあるんだ」

「ハハッ、なんだそりゃ」

「あっ、バカにしたな。女子高生が生み出すブームをなめんなよ。ホラ、サッカー部の宮崎の追っかけやってる娘《こ》たち、いるだろ。あいつらはみんな、ペケ子を持ってるんだぜ。それも、ペケ子の力にあやかって、宮崎を振り返らせたいがゆえだ」

「え？　そうなんだ？　へぇー」

その瞬間、逢坂のマル太郎に対する眼差しが、懐疑から感服のそれに変わった……

気がする。まぁそんな大袈裟なものではないにしろ、逢坂の中でマル太郎に対する印象がよくなったのは確かなようだ。うーむ。宮崎を広告塔にして釣った追っかけっ娘《こ》たちだったが、今度は図らずも、彼女らがイメージアップに貢献してくれた模様。

「で、そのペケ子ってのは、どこに売ってるわけ？」

「ん？」

「いや、せっかくだしカノジョにプレゼントしようかなーって」

そう言って「デヘヘ」と、しまりなく笑う逢坂。……嗚呼《ああ》、漢《おとこ》らしく硬派だったお前はどこへ行ってしまったんだ。女は男を変えるなぁ……

それはともかく。

「そういうことなら、僕が持ってる分のペケ子を譲ってもいい。五百円で」

途端、逢坂は笑い出した。「もしかして、それが狙《ねら》いだったな!?　だから、お前、何か変わったことすると『何を企んでる？』って言われるんだよ！　ホントちゃっかりしてんな！」

と言いつつ、逢坂は結局ペケ子を購入してくれて、これはつまり僕が信頼されている証拠、すなわち「日頃の行いが善くないわけではない」ということなのではないだろうか（何事もポジティブに考えよう）。

でもこの日は結局、二個しか売れなかった（しかもそのうち一個は僕が買ったし）。

僕は『×1、〇1。今日の成果はイマイチ。』と書いた紙と、現金五百円が入った封筒を下駄箱に置き、下校した。

□■□■

ついに〇太郎ももらわれていったのね……

大事にしてもらえるといいな☆

どんな人が買ってくれたのか、よければ教えて！

×子1コ、〇太郎1コを入れておくよ。

『×2、〇2。カップルがペアで買うパターンが多い。』

カップルがペアで買ってくれてるなんて意外～!!

ラブラブなふたりに大事にされてるなら×〇も本望だね！

×子3コ、〇太郎3コを入れておくよ。

『×3、○3。最初から缶に入ってた×6コと○6コ、今回で全部さばけたことになる。だんだん軌道に乗ってきたというカンジ？』

連続で売れてるなんてスゴイ!!
君は商売の才能があるんじゃない？
×○の作者も嬉しい悲鳴をあげてます。
×子2コ、○太郎2コを入れておくよ。

『×2、○3。順調だ。ところでこの×○は誰が作ってるんだ？』

作者のことはナイショ～
そうそう。その作者だけど、
予想以上の売れ行きで、制作が追いつかないみたい…
今日は、×子1コだけしか用意できなかったんだ。ゴメン。
ちょっと待っててね。

『×2、○2。ペケ子は1コ、マル太郎も2コしか残ってない。大丈夫か？』

□■□■

その朝、僕はいつものように登校した。

それにしても、なんだろーね、作者のことナイショってのは。僕はいわば共犯者なんだから教えてくれたっていいのにさ。そういえばタカチアカネは、「親戚の間では手先が器用なことで知られる人」が作ってる、みたいなことを言ってたな。そういうことを知ってるってことは、つまり……もしかして、タカチアカネの親戚が作っているのだろうか？

そんなことを考えつつ下駄箱を開け——

「あれ？」

下駄箱内には、いつもの紙袋ではなく、白い封筒があった。その他にあるのは、僕の上履きのみ。追加のペケ子・マル太郎は置かれていない……もしかして、ついに生産が追いつかなくなったのだろうか？

タカチアカネからの言伝があるかもしれない。僕は封筒を手に取り、中身を検めた——が、封筒の中には、昨日僕がルーズリーフに書いたメッセージが、昨日僕が収めたのとなんら変わらない状態で、収まっていた。僕はそれを手にしたまましばらく硬直した。……これは、あれですよ。なんというか、その……いや、はっきり認めてしまおう。僕はこの事態に少なからぬショックを受けている。放心して立ちすくんでしまうほどに。

……いや！　いいや！

しっかりしろ僕！

これは、あれだ。これは、そんなに気にするようなことではない、に、違いない。そう、取りに来れない日だってあるさ。毎日続けるということは簡単なようでなかなか難しいことなのだ。そう、タカチアカネにだって都合というものがあるだろうしな！

そうだ、落ち着け。ここで取り乱しては格好悪いだけだぞ。あーあ、タカチアカネがケータイ持っててくれればなぁ、そうすれば気軽にメールで『どうした？』って訊けるし、そもそも、「下駄箱でやり取り」なんてまどろっこしいことしなくて済んだんだ！　携帯電話サマサマだ！

そんなカンジで僕は無理やり気を取り直し、その日一日を過ごした。噂を聞きつけてやってきた女生徒一名に×○それぞれ一個ずつを売ったが、僕が積極的に動かなかったせいもあり、その日の売上はそれだけだった。

次の日も、下駄箱にタカチアカネからの荷物や手紙が入っていることはなかった。

僕の中で、不安が芽生えた。

どうしたんだ、タカチアカネ。

その日の昼休み、６組に出向いた。こうなったからには顔を合わせて話を聞いたほうが早いに決まってる——これまでなんとなく、直接会うことを避けていたが、でも僕たちは「直接会わないようにしよう」などという取り決めを交わしたわけではない。訪ねていっても特に問題はないはずだ。

６組の友人・石河《いしかわ》に声をかける。「なぁ。タカチアカネ、呼んでくんない？」

「タカチアカネ？」

「そう」

「そんな人はおりません」

「もー、ふざけてんなって。急いでんだって」

「いやホントにいないから」

「……え？」

「他のクラスと間違えてんじゃないか？」

そう言うと石河は無情にもその場を去ってしまい、戸惑いを隠せない僕だけがその場に残された。

「え？　え？……」

ともすれば混乱しそうになる頭を必死に正常運行させ、タカチアカネと初めて会ったときのことを、よくよく思い出してみる。


——あたし、タカチアカネ。２年６組です。


初めて会ったとき、×○が入ったクッキー缶を渡されたとき、タカチアカネはそう言った。１年でも３年でもなく２年だと、確かにそう言った——よく覚えている。だって、それを聞いて、僕は驚いたのだ。「ガキくさい顔してるから１年かと思っ」ていたのに、同学年《タメ》だったから。

……他のクラスと間違えてる？　まさか、そんな……いや、そうなのかもしれない。

僕が間違えて覚えているだけかもしれない。きっとそうだ。そうに違いない。

全部で八クラスある。今確認した6組と、僕がいる1組を除く六クラス、僕はこの昼休み内に全部巡って、各クラスの生徒を捕まえ、タカチアカネなる女生徒がいないかどうかを尋ねた。


だが、タカチアカネはどのクラスにも存在しなかった。


僕は自分の教室に駆け戻り、学年一の女好きを自称しているクラスメイト・秋田《あきた》を捕まえ、訊いた。

「タカチアカネ？　そんな女はウチの学年にはおらん。間違いない。俺は2年女子の顔と名前をすべて覚えているんだ。だから2年女子に関して俺の言うことに間違いはない」

次に、迅速・緻密《ちみつ》にかけては比肩するもののない女子ネットワーク網にアクセスしてみることにする（と言うと大仰だが、早い話が同じクラスの女子に訊いてみる、ということ）。

「タカチアカネ？　知らないなぁそんな娘《こ》。ねぇ、知ってる？」「知らなーい」「ところで、なんでその娘《こ》のことそんな必死になって捜しちゃってんの？　なんか深い事情あるの？」「えー、そうなの⁉」

根掘り葉掘り聞かれる前にその場から退散し、

そして、途方に暮れ――

そこで僕はようやく気づいた。

僕はタカチアカネのことを何も知らない。

独断で行動できて、かつ、売上の管理も任されているという立場上、僕はタカチアカネよりも優位に立っている気がしていた。その気になれば彼女のことを欺ける立場にいると、高をくくっていた――しかし、真実を知る術を持たないのは、僕のほうだったのだ。「よしんば気づいたとしても」相手の真実に近づくことはできない……そして僕自身は、今の今まで、そこんとこに気づいていなかった。

□■□■

解決の糸口が見つからないまま、数日経った。

僕の手元にはマル太郎が一体、残っているが――

なんとなく、売る気になれなかった。

花屋でのバイト中、お客もいなかったのでレジでぼんやりしていたら、不意にポケットの中でケータイが鳴った。メールだ。秋田からだった。学年一の女好きを自称するクラスメイト。

メールを開いてみる。そこにはこう書かれていた。

　この前おまえが言ってたタカチアカネのこと、
　ちょっと調べてみたんだけど、聞きたいか?

それを読んだ直後、僕は秋田の携番に電話をかけた。

秋田はすぐに出た。

「おい、調べてくれてたのか⁉」

『ああ、お前が知ってて俺が知らない女生徒が存在するってことが気に喰わなかったからな』

「…………」

『で、どうする？　聞きたいか？』

「ああ、もちろん！　頼む！」

『タカチアカネは俺たちの代じゃない』

「え？」

『一コ上だ。ホントなら今3年生になってるはずなんだ』

「はず……ってのは」

『まぁ、ダブってるってことだな。なんか、出席日数が足りなかったらしい。で、去年彼女が在籍してたのが2年6組ってことになる』

「出席日数が足りないって……なんで？」

『それがどうも、タカチアカネはちっさいときから病気抱えてて、入退院を繰り返してるらしいんだよ。今年度はまだ一度も登校してないな。だからこの俺でさえも顔を見たことがないわけで』

「病気……」

『橋向こうに、ホラ、富山《とみやま》総合病院ってあるだろ？　あそこに、春の初めくらいからまた入院してるらしいぞ』

「……そうか」

秋田に礼を言って通話を終了し、

僕は窓の向こうに目を向けた。

そこにあるのは、広い駐車場を持つ大きな建物。

緑地の看板に、白字でこう書かれている。

「富山総合病院」。

□■□■

――じゃあ、売上を報告したりするから、メアド教えて。

――あたし携帯電話持ってない。

そりゃあ、持ってないだろうさ。

病院は基本的に携帯電話禁止だからな。

――なんで僕がそんなことやんなきゃいけないわけ。あんたが自分でやればいいじゃん。

——自分でやれてたらやってますぅー。

そりゃあ、自分では売れないだろうさ。

病院で安静にしてなきゃいけない身なんだもんな。

——あのね、あたしね、君がバイトしてる姿を見かけたことがあるの。

そりゃあ、見かけもするだろうさ。

平日はほぼ毎日、目と鼻の先にいたんだからな。

——バイト中の君って、すごく頑張ってて、すごく活き活きしてて。本当に楽しそうに働くコだなって思ったの。

なんだいなんだい。

あんたにそんなふうに言われたら切なくなってしまうじゃないか。

富山総合病院、六階。

僕は、ベッドで上体を起こしちょっと項垂れ気味でいる高知《タカチ》明音《アカネ》を前にしていた。

「ごめんね」

「謝るなよ」

「でも……いろいろと、ご迷惑とご心配を……おかけしまして」

「ご迷惑もご心配もかけられたが、でも、謝らんでいい」

「……うん」

彼女のベッドテーブルの上には、ほんの小さな鉄片や、バネの切れ端、ビーズやボタン、丸いプラスチック……などなどが散らばっており、そして彼女の手の中には、作りかけのペケ子があった――×○の作者は、やはりというかなんというか、高知明音だったのだ。

僕は、ベッドの足元にあった丸椅子を引き寄せ、腰掛けた。

「しかしなんで、作者は自分じゃないなんて、そんな嘘を？」

「だって……自分で作ったものを『カワイイでしょ』とか『売れると思うんだよね』とか言っちゃうのって……なんか恥ずかしくない？」

「売れるものを売れると言って何が悪い」

「……売れたのかなぁ」

「ああ。売れた。今日までで、ペケ子は十七個、マル太郎は十一個も売れた。売上は一万四千円だ。これってすごいことだ」

「そうかなぁ」

「そうだ。時給七百円以上のバイトを一日五時間・週四日やらなければ、この額には辿《たど》り着けない。あんたはすごい労働をしたんだ」

「そうかぁ」

「そう。だから、ちょっと休みなさい。入院してるほどの人が重労働を続けてはいかん」

　すると高知明音はコクリと頷いた。

　いやぁ、ホントこの人、年上には見えないなぁ。

　高知明音は、朝晩、看護師さんたちの目を盗んで病院をこっそり抜け出し、学校に行っていたという。それだけでもずいぶん体力を使うことであろうに、さらに寝る間を惜しんで×○を制作していたものだから、ムリが祟って、具合が悪くなったらしい。だからここ数日は外出することもかなわず、音沙汰《おとさた》がなかったのだ。

「あ、そうだ。一個訊きたいんだけど」

「なぁに？」

「なんであんたはさ、×○を作って学校で売ろうなんて、そんな突拍子もないことを思いついたんだ？」

「……うーん」と高知明音は、自分の手の中のペケ子を見た。「こういうのを作ってたのは、初めのうちは、ホントに暇つぶしだったんだ。昔から絵を描いたり物を作ったりっていうことが好きだったし、入院中はなんといっても暇だからね、こういうのを特に目的もなく作ってたんだけど……どうして学校で売ろうと思ったかっていうのは……うーん」

　と、高知明音はしばらく考え、

　ぽつりと言う。

「×○《コレ》が売れたら面白いだろうなって思ったから、っていうのもあるけど……あたし、年度替わってから学校行ってないんだよね。友だちはみんな進級してしまったし、部活とかそういうのも所属してないから、今の2年の教室に入っていっても、あたしのことを知ってる人はいない」

　それは確かに、そうだった。

　他ならぬ僕自身が、ついこの間、全クラスを巡って訊いて回ったのだ。「タカチアカネはいないか？」と。しかしどのクラスにも「タカチアカネ」は存在してなかった——

高知明音という女生徒は、確かに存在するというのに。

「あのね……病室《ここ》にずっと独りでいると、あたしだけが世間の流れから取り残されていくような、みんなから忘れ去られてしまうような、そんな気がしてしまうの。自分の体のためにここで安静にしてるんだって頭では分かっていても、どうしても不安でジッとしていられなくなる。だから……そう、×○を学校で売ろうなんて考えたのは、どっかで学校と関わっていたいっていう気持ちがあったから、かも」

「……そうか」

「それと……もう一つ、思い当たる理由としては」

「うん？　何？」

「えへ」

「なんだよ」

「ええっとねー……いつも見かける花屋の店員さんとお友だちになりたかった、ってのも、あるかな？……なんて」

と、てれてれしながら言うわけだ。

なんだなんだこいつめ、カワイイことを言ってくれるじゃないか……ん？　なんだ。顔がやけに熱いぞ。おや、おかしいな。なぜ僕は赤面しているんだ。これは……

べっ、別に嬉しいからとかじゃないんだからね！

そのとき、僕のポケットに入っている売れ残りのマル太郎が、なんだか急に重さを増したように感じられた。

……うーむ。

へへホプロピレ星雲からの電波を受信中なのだろうか？

サブレ

くたびれたサンダルをつっかけてベランダに出た。

なまぬるい風が首筋を撫でていった。

坂の上にあるマンションの五階だから、見晴らしはいい。

古くて汚くて狭いマンションだが、見晴らしだけはいいのだった。

しゃがみこみ、ベランダのてすりにもたれる。

ベランダの柵《さく》は、檻《おり》のようだ。

とすれば、自分は、檻の中から外を見つめる囚人だ。

時々、そんなことを考える。

眼下に広がるのは、郊外の耕作地まで続くそこそこの規模のベッドタウン。学校も商店も病院も警察署も揃っている。基本的に家と学校を往復するだけの毎日を送る私は、この街から出ることはほとんどなかった。

黄昏《たそがれ》の底で、駅前の商店街がぎらぎらと発光している。建物のシルエットの間を流れ星のように通過していく電車。あの駅で停車しなかったから、あれはきっと快速だ。

不規則に並ぶ黒や紺や臙脂《えんじ》の瓦《かわら》屋根がどんぐりの背比べをしている中、西の方角に一際高くそびえ立つのは、線路向こうで建設中のビル。マンションになるのか商業施設になるのか、私はまだ知らないが、完工すればこの辺りで一番高い建物になることは間違いなかった。

建設途中のビルのてっぺんには、キリンのように首の長いクレーンが一機、乗っかっていた。ここからでは遠すぎて稼動しているかどうかもよく分からないが、きっと毎日せっせと建材を上げ下ろししているのだろう。頭のてっぺんの赤いランプを、ルビーの冠みたいに光らせて。

いつもとたいして代わり映えのしない風景。

明日もきっとこの風景が広がっている。

次の日も、その次の日も。

私は重い溜め息をついた。

変化のなさに絶望しているわけでも退屈しているわけでもない。ただそこに広がっているから見ているというだけの話。壁にかけられた絵を見ているような気持ち。自分はあの中に入っていけないだろうという諦め。触れてみたい気もするけど触れたって意味がないことを知っている。近いようで遠い。遠くから見ているだけというのは、ちょっぴり寂しい気もするけれど、自分からは何もしなくていいので楽だ。

ふと、苦いにおいが鼻を突いた。

タバコの煙？

珍しいにおいだった。私の父も母もタバコは吸わない。

どこから流れてきたのだろう。

私は視線を巡らせ、そして、息を呑んだ。このマンションのベランダは、隣室と一続きになっており、ベージュ色の仕切りで区切られている。その仕切りの陰から、見知らぬ男が顔を覗かせていた。

背が高く、黒縁の眼鏡をかけ、火のついたタバコを軽く咥《くわ》えている。そこはかとなくだらしない雰囲気なのは、うっすら生えた無精ひげのせいだろうか。まだ若いようにも見えたし、それなりに歳を喰っているようにも見えた。これといった特徴のないありふれた容貌なだけに、年齢を察しにくかった。

それにしても、怪しい。

怪しすぎる。

隣の五〇三号室には、ミナモさんという偏屈そうなおじいさんが一人暮らしをしているはずだ。なぜこんな男がいるのだろう。誰だろう。ミナモさんの家族だろうか。

ミナモさんの身内なんて、今まで一度も見たことなかったけど……

無言のまま身を強張らせていると、おもむろに男が言った。

「虐待されてるのか」

ごろごろとした低い声。

あまりにも唐突な問いに、思わず「は？」と訊き返してしまった。

「いや、よく聞くから。ニュースとかで。子どもをベランダに閉め出して放置、みたいな。ネグレクトっていうんだっけ」

男は、しかし、発言の内容とは裏腹に、心から心配しているふうでもない淡々とした口調だった。もしかしたら本人も、本気でネグレクトなどとは思っていないのかもしれない。

男は口の端から煙を細く吐いた。「通報したほうがいいかね」

「……いい。やめて」

男は「あっそう」と言って顔を引っこめた。

そしてそれ以上何かを言う気配はなかった。

なんとなく、気に障った。

変なヤツ。閉め出して放置？　そんなわけないだろ。こちとら高校生だぞ。

私は背が低く童顔なので、普段から幼く見られがちだったが、これはあんまりだ。私は仕切りに向かって言った。「閉め出されるほど子どもじゃないです」

「ふうん。いくつ」

これは、歳を訊いているのだろうか。

私は自信のなさそうな小さな声で「十五」と答えた。

男はもう一度「あっそう」と言った。興味など微塵もないことが声にありありと表れていた。私が九歳と答えても十九歳と答えても、おそらく返事は「あっそう」だっただろう。

途方に暮れるような心持ちでベージュ色の仕切りを見つめた。そこには黒いゴシック体で「非常時にはここを破って隣戸に避難できます」「非常口となりますので物を置かないでください」と書かれてあった。この仕切り板は、薄く弱く作られているのだろう。それこそ、女性や子どもの力でも破れるように。

では、隣の男は、こちらに乗りこもうと思えばいつでも乗りこめるのだ。

そんなことを考えて、一瞬、空恐ろしくなった。しかし、あの無気力そうな男はそんな面倒な真似はしないだろうとも思った。

仕切りの向こうから、また声がした。

「もし閉め出されて、万が一そのまま放置されたら、ここ、破っていいからね」

私が今まさに注意書きを見つめていることを察したわけではないだろうが、タイミングの悪い一言だった。

「閉め出されないったら」

「どうかな」

なんだよ「どうかな」って。

失礼なヤツだ。

私はそれこそ子どものようにぶんむくれた。

もう一言言ってやろう、と口を開き——

「ところで、君、ほのかに甘いにおいがするな」

そう言われて、固まった。

棘々《とげとげ》しい言葉たちが喉元《のどもと》で泡のように消えた。

悪戯がバレそうになったときのような動揺が体を駆け巡った。

「おっと。女の子ににおいがどうとか言ったら、セクハラになるんだっけ」

え。そうなの？

「やらしい意味じゃないから。気を悪くしないでくれよ」

もちろん。

そんな、気を悪くするだなんて――

伝えるべき言葉をうまく見つけられずにオロオロしていると、仕切りの向こうから、ベランダの戸が開閉する音がした。

カラカラカラ、パタン。

彼が部屋に引っこんでしまって、私は安堵《あんど》したようなガッカリしたような。


これが彼との初対面。

わりと強烈な第一印象だった。


彼と次に会ったのは、拍子抜けするほど間を置かず、翌日のことだった。

いつものようにベランダへ出て、しゃがみこみ、てすりにもたれかかっていた。前日と似たような時間帯だった。夕食後。太陽が沈みかけている頃。薄紫の空に、そこだけ色を抜いたかのように白い三日月がかかっていた。ぼんやりしていると、またしても、苦々しいタバコのにおいが鼻についたのだった。

ベージュ色の仕切りに近づき、その向こう側、隣のベランダを覗くと、昨日の黒縁眼鏡がそこにいた。安っぽい折りたたみ椅子に無気力そうに腰掛けて、灰皿片手にぼんやりとタバコをふかしていた。

目が合ったので「ケムいんですけど」と文句を言うと、男は素直に「すみません」と謝った。が、まったく申し訳なさそうではなかった。タバコを消そうともしない。しかし、あまり腹は立たなかった。男が着ているTシャツにプリントされたキャラクターがやけに可愛らしくて、タバコの煙よりも男の失礼さよりも、そちらのほうが気になった。

「ねえ。そのTシャツ」

「ん？」

「可愛いね」

「はあ。どうも」

「どこで買ったの」

「もらい物」

「ふうん」

「可愛いか？　これ」

「可愛いよ」

「十代のコの感覚はよく分からんな」

「ねえ。おじさん。ここに住んでるの」

「住んでる。おじさんはやめてほしい」

「でも、さっきの、十代のコの感覚がどうたらっていう発言は、この上なくおじさんっぽかった」

「そうかな」

「あなたもミナモさんって名前？」

「うん、まあ」

「おじいさんの親戚？」

「まあ、そう」

曖昧に返答して、ミナモさんは深く煙を吐いた。

あまり突っこんだ話をしたくなさそうな面持ちだった。

だから、微妙に当たり障りのなさそうな話題にすり替える。

「最近引っ越してきたんだよね」

「うん、まあ、最近」

「全然気づかなかった」

「荷物少なかったし」

「近所に挨拶《あいさつ》した？」

するとミナモさんはことんと項垂れた。「それは、してません、すみません」

その声は、後ろめたそうに縮こまっていた。

良識を持っていないわけではないらしい。

「ダメな大人なもんで」

自分のことをダメと評する大人に会ったのは初めてだった。

なんだか微笑ましい気持ちになった。「うちに迷惑かけないならいいよ」

「かけないように気をつけます」

変な大人だなあと思いながら私は仕切りから離れ、元のようにてすりにもたれかかった。頭の中で今の会話を反芻《はんすう》し、やっぱり変な大人だなあ、と思った。

九月。日中はまだまだ夏のような暑さだったが、このくらいの時間になると、さすがに涼しい。今日は朝から晴天だったので、空に雲はほとんど見られない。ただ、刷毛で刷いたように薄く広がる雲が一筋、明るいサーモンピンクに輝きながら、夕陽に向かって伸びるばかりだった。

タバコの煙がまた鼻についた。

私はそのままの姿勢で訊いた。「おじいさんに嫌がられるんでしょう」

「ん？」

「タバコ。外で吸えって言われるんでしょう」

「……ああ、いや、まあ、そうかな。直接言われたわけではないんだけど、タバコ嫌いの老人の部屋でお構いなしにガバガバ吸うのもどうかと思うしね。それに、部屋で吸うと、やっぱ汚れるからね。クロスとか、電気の傘とか」

「いいことなしだね。タバコやめればいいのに」

ミナモさんは「そうなんだけど」とか「それができれば」とか、ごにょごにょと不明瞭な声で呟いた。

「ふん。まあいいけど。吸殻そのへんに捨てないでよね」

いくつも年下のはずの私の尊大な言葉に「はい」と律儀な返事を寄越し、一本を吸い終わったらしいミナモさんは、部屋の中に戻っていった。

カラカラカラ、パタン。

ふと気づいた。

そういえば、最近、ミナモじいさんを見かけていない。

もともと頻繁に顔を合わせるわけではなかったけど。

具合でも悪くなったのかもしれない。だから、あの孫（息子ではないだろう）が面倒を見に来たのかもしれない。

きっとそうだ、と、私は一人で納得した。

●○●

「そういえば、昨日のラバニュ観た？」

「観た観た！　サカジュンかわいそすぎるよね」

「あの女マジ死ねってカンジじゃない？」

今期人気のドラマのことで、女子は盛り上がっていた。

朝の教室。ホームルーム前の、いつもの光景。

うちのクラスの女子は、もちろんそれなりにグループは形成されているけど、わりとみんな分け隔てなくしゃべるほうだと思う。

それでもやっぱりリーダー的な娘《こ》はいる。マナミとユリコだ。

今だって、マナミとユリコが中心となって、ドラマの今後の展開について熱っぽく討論していた。
朝早くに起きて、楽ではない通学路を一生懸命歩いてきて、その末にやっているこ
とが毒にも薬にもならないおしゃべり、というのも、なんだかなという気がしないで
もないが、しかし、女子コミュニティに所属する者にとって、こういうおしゃべりは、
休み時間ごとの連れションと並んで重要なノルマなのである。
話の流れが、ドラマの主演を務める若手俳優に向いたときのこと。
チセという娘が「あっ」と顔を上げた。「いけない。そういえば、グラマーの教科
書持ってくるの忘れてた」
他の娘が「また？」と笑う。
「やばいなあ。ちょっと、三組から借りてくるよ」
そう言ってチセが教室を後にした、その途端。
マナミが身を乗り出し、声を低くして「知ってる？」と囁いた。その目線は、教室
を出て行ったチセを気にするように、戸口の方にチラチラと向けられている。
――あ、やだな。
これから目の前で繰り広げられるであろうことをそれとなく察して、私は暗い気持
ちになった。もちろん、そんな感情は毛ほども顔に出さないけれど。

ユリコをはじめとする他の女子は「何なに？」と興味津々で身を乗り出す。

「同じ塾に通ってる娘から聞いちゃったんだけどね。夏休みの終わりにさ、みんなでカラオケ行ったじゃん？　サッカー部のヒトらと合流して。その日に、チセってば、ヨシマチ先輩に自宅つれこまれて、やられちゃったかもしれないんだって」

「ええっ。ヨシマチ先輩って、あの？」

「そうそう。悪い噂ばっかりのヒトなのにさあ、バカだよね。のこのこついていくから」

「イワサコくんの問題も片付いてないのにね。ホント、尻軽なんだから……」

クスクス笑うマナミとユリコ。女子たち。そして私。

今の今までなんの翳《かげ》りもなく和気藹々《あいあい》とおしゃべりしていたというのに、輪から外れた途端、掌を返したように、この扱い。さっきまでの仲睦まじさは巧妙な演技だったのだと言わんばかりの変わり身の早さ。そうして、チセが輪の中に戻ってくると、慌てるでもなくたちまち仲良しの仮面をかぶり直し、何事もなかったかのように自然に迎えて、おしゃべりを再開するのだ。

いじめではない。馴れ合いでもない。なんとも不可解で不愉快な体制。これを目の当たりにするたび、私は心底ぞっとする。しかし、女子の間ではわりとよくあることなのだった。仲良しグループを形成したりトイレに毎回一緒に行ったり、表面的にはべったり依存し合っているように見えるかもしれないが、その実、女子というものはものすごく冷徹で功利的なのである。

私も本当はトイレに行きたかった。

でも、席を立つことができなかった。だって、今ここで席を立てば、私のいなくなった輪の中で、「ねえ。知ってる？　あの娘って……」と、私を面白おかしくネタにした会話が持ち出されるかもしれない。臆病な私の被害妄想かもしれない。確実にそうである、という保証はないのだから。しかし、そうではないという保証もない。

こういう、悪い意味での女子臭さに、私は、女子でありながら、いつまで経っても馴染めない。

馴染める気がしない。

馴染みたいとも思わないが。

でも、馴染んだフリだけでもしておかないと、いろいろやりにくいから。

「ふう」

溜め息は聞き流される。

同い年が詰めこまれた狭い教室の中では、溜め息など珍しくもないのだ。

――今日、家に帰ったら、お菓子を作ろう。

唐突にそう思った。

お菓子作りは、私のほとんど唯一の趣味だった。

クラスの友だちには言っていない。彼女らに話題を提供したくないから。

特に、お菓子作りというのは、私の大切な領域だから。

踏み荒らされたくない。誰にも。


「ただいま」

返事はない。

家の中には誰もいない。父は仕事。母は、この時間、パートに出ている。

通学カバンを放り出すなり台所に入り、材料と調理器具を引っ張り出した。着替える間も惜しい。制服の上にエプロンを着けて、作業開始。キッチンスケールで、きっちりと材料を量る。もう何度も作っているから、各材料の分量は、すっかり暗記してしまった。

一昨日の夕食に出たカルボナーラのおかげで、充分な量の卵白が確保できていた。

冷凍保存しておいた卵白を、今日、一網打尽に使用して、クロッカンを作るつもりだ。

クロッカンとは、メレンゲ菓子の一種。卵白が都合できたときにだけ解禁されるレシピの一つだ。今日は、アーモンドをたっぷり入れて、ゴツゴツの岩みたいなクロッカンにするのだ。

解凍した卵白をボウルにあけ、小気味よい唸《うな》り声を上げて回転するハンドミキサーでぐんぐんかき混ぜる。砂糖を何回かに分けて加えながらかき混ぜ続けると、やがて、ふわふわのメレンゲになっていく。メレンゲに角が立つようになったら、アーモンドプードルと薄力粉と砂糖をふるい入れる——

お菓子を作るのは、好きだ。

なんたって、成果が分かりやすい。食べてみて、おいしければ成功、まずければ失敗。この上なくシンプルじゃないか。上達度も、一目瞭然《りょうぜん》、一口瞭然。おいしいと嬉しいし楽しい。だから、一時期は「将来はお菓子を作るヒトになりたい」と考えたこともあった。でも、すぐに「自分には無理だ」と思い直した。なぜって、自分はレシピ本に書かれていることを淡々とこなしているだけだから。レシピに書かれている以外のことはやろうともしないし、思いつかない。応用力も独創性もない。誰かに指示されなければ何も成せない人間に、クリエイティブな職業は勤まらないだろう。

お菓子作りは、あくまで趣味。いいカンジの肩書きを持つヒトが書いてくれた、いいカンジのレシピに従って、時たま気分が乗ったときに作ることができれば、それで充分だ。

ざっくり混ぜたタネに、ローストしてから大まかに砕いたアーモンドを投入し、最後の一混ぜ。

これをオーブンの天板に並べて、じっくり焼くこと二十五分――

アーモンドがゴロゴロ入ったクロッカンの完成。

焼きたてを、一つ、頬張ってみる。大粒のアーモンドが口の中で香ばしく弾け、さくさくメレンゲが舌の上で甘く溶けていく。

「うん、いい出来」

思いのほか大量にできてしまった。でも、それなりに日保ちするはずだから、ちょっとずつ食べればいい。

これだけの量を全部一人で食べきるには、何日くらい要るだろう。湿気やすいお菓子だから、念のため乾燥剤を添えて密閉容器に入れておくけど、日を置くと風味が損なわれてしまうなあ。

甘いものが好きなカレシでもいれば、消費も早いのだろうけど。

でも私は誰かのために お菓子を作っているわけではないし。

まぁいいか。

私はしょっちゅうベランダに出ていたし、ミナモさんはしょっちゅうベランダでタバコを吸っていたから、私とミナモさんはしょっちゅう鉢合わせした。そのたびに、少し会話した。世間話とさえ言えないような、本当にささやかな、どうでもいい会話だった。

クロッカンを作ったその日も、ベランダでミナモさんと鉢合わせした。

仕切り越しに、ミナモさんが尋ねてきた。

「立ち入ったことを言うようだけど、君んちのお父さんとお母さんのケンカ、いつもすごいね」

私はいつものようにてすりにもたれかかっていて、ミナモさんはいつものように折りたたみ椅子に座ってタバコをふかしていた。

「聞こえてるんだ……そうだよね。聞こえるよね」

「まあ、壁の厚いマンションではないからね」

私の両親は、感情的になって怒鳴り合うようなケンカを、ここのところ頻繁にしていた。傍らで聞いている限り、怒鳴り合うきっかけも、その内容も、常にくだらないものだった。空虚で即興的だった。

両親のケンカが始まると、私はいつもベランダに避難していた。自室は、ドアも壁も薄いので、居間の声が筒抜けになってしまう。外出する気力はない。ベランダに逃げこむしかないのだった。私がしょっちゅうベランダに出るということは、それだけ両親がしょっちゅうケンカしているということだった。

そんな日々が続いたせいか、いつしか、何もなくてもベランダに出ることが習慣になっていた。

ここが家の中で一番落ち着く場所になっていた。

「……うん。すごいよね。ここ最近は特にね。いつでもギスギスしていて、ホントにすごくどうでもいいことでケンカを始めるの」

「ふうん」

「ご迷惑おかけしてます」

「いや、いいけど。四六時中ってわけではないし」

その言葉に引っかかるものを感じた。

「ミナモさんはもしかして四六時中部屋にいるの」

ミナモさんは悪びれもせず「うん」と頷いた。

「働き盛りの若い男が室内で一日中ゴロゴロと何をしてるの」

「何って、本読んだり、撮り溜めてたビデオ観たり」

「えええ、やだあ、うっそォ。仕事は？」

「してない」

もしかしたらそうじゃないかとは思っていたけど。

いざ本人の口から聞くと、なんだか、軽く失望してしまう。

大人には、やっぱり、社会の中で働いていてほしい。

「失業者かあ」

「失業したんじゃない。自分から辞めてやったんだ」

失業者ではないか。

私はフンと鼻を鳴らした。「いいわね。暇で」

「なんだ、イッチョマエに。君は忙しいのか」

「もちろんよ。高校生は気の休まるときがないものよ」

「ほおう。それはそれは」

「何よ」

「いやいや。お互い大変だなと思ってね」

カラカラ……

ガラス戸が開けられる音。

今日のベランダタイムは終了、か。

私はこっそりと物足りなさげな溜め息をついた。

が。

「甘いものでも食べた？」

「えっ」

不意をつかれて、私は急にどぎまぎし始めた。

なんて答えればいいんだろう。

「なんか、おいしそうなにおいするんだよな。ふわふわと」

「甘いもの……た、食べた」

ナッツがたっぷり入ったクロッカンを、
サクサクなのに舌の上で甘くとろけるクロッカンを、
さっきいくつか食べました。

というか、作りました。

ミナモさんは小さく笑った。

「やっぱりね」

カラカラ、パタン。

そんなににおうだろうか。

あたふたと自分の髪や服の裾《すそ》を鼻に押し付け、においを嗅《か》いでみた。でも甘い香りなんかしなかった。自分のにおいは自分では分からないのだろうか。

ミナモさんは、鼻がいいのかな？


翌日も、私とミナモさんはベランダで鉢合わせした。

「そういえば、最近、蝉《せみ》が鳴かなくなったね」

「まあもうだいぶ涼しいからな」

「唐突だけど、ミナモさんは指がキレイね」

「ホントに唐突だな」

「きっと、働いてないからね」

「それは関係ないんじゃないか。指の形なんて昔から変わってないよ」

「いいなあ。指がほっそりしてて長い人。羨《うらや》ましい。私の指は丸っこくて短いから」

「それはそれでいいんじゃないかい」

カラカラカラ、パタン。


その翌日はハズレてしまったが。


しかし、その次の日には鉢合わせできた。

「ミナモさんは、ちゃんとお洗濯できてる？」

「まあまあ」

「ちゃんとごはん食べてる？」

「そこそこ」

「ちゃんとお風呂入ってる？」

「なんだ、君は、さっきから。僕のオカンか」

「心配してあげてるんじゃない」

「そりゃどうも。でも、そっちこそ大丈夫なのか」

「何が？」

「いや、だから、ご両親」

確かに、今日のケンカは一段とひどかった。

私は、ずっと疑問に思っている。

実の娘から見ても修復不可能に思えるほど劣悪な関係に陥っていながら、なぜ彼らは毎日律儀にここに帰ってきて、同じ釜《かま》の飯を食べ、ひとつ屋根の下で眠るのだろう、と。さっさと別れてしまえばいいのに、と。

だって、これ以上はもう時間の無駄だ。

それとも、まだ愛しているから毎日こうして怒鳴り合うのだろうか。

――そんなバカな。

彼らはお互いに、自分のことは棚に上げて相手の欠点を執拗《しつよう》につつき、過去の些細な失敗をことさらに取沙汰して、どうにかして相手の心を折ろうとしていた。人間は憎しみ合えばこんなことまで言ってしまえるのだ、と思わず感心してしまうほど残酷な言葉の応酬を、飽きもせず繰り返していた。傍で聞いているほうが気が滅入った。

だから、ベランダに逃げる。

私の意識から閉め出す。

ガラス戸をカラカラパタンと閉めて。

この狭苦しい檻の中で。

てすりにもたれて、街を見下ろしながら、溜め息をつく。

「こんなに仲が悪いのに離婚しないのは、私がいるからかな」

「は？」

「たとえばね、たとえばの話だよ、私がここから飛び降りて死ねば、二人は別れられるかな」

仕切りの向こうに反応らしい反応はない。

私は一人で喋り続けた。

「たとえば。私が死んだら、あの二人は私の死を哀しんでくれるし、お葬式を出してくれるし、泣いてくれると思うの。でもその後は、きっと、二人が一緒に暮らす理由がないね、二人でいても辛いことを思い出すだけだね、ってことになると思うの。一緒にいないほうがお互いのためだねって結論を、誰かに強要されることもなく、すんなり出せると思うの。私が死ねば、あの二人は手っ取り早く幸せになれるんじゃないかな……」

「どのみち君には関係ないことだ」

「えっ」

「だってそれは君が死んだという前提ありきの話だろう。君は死んでるんだろう。死人は残していった人間のことなんか気にしなくてよろしい」

「そうかしら……」

「そうだよ。だから、飛び降りるなよ」

「飛び降りないよ。たとえばの話って言ったでしょ」

「初めて会ったときな」

「え?」

「君とここで初めて会ったとき、虐待なのかとかネグレクトなのかとか適当なことを言ってお茶を濁していたけど、実のところを言うと、僕には、君が今にも飛び降りそうに見えたんだ。目の前で死なれちゃ困ると思ったから、不審者と間違えられる危険を冒してここから顔を出し、君に声をかけたわけだ」

飛び降りそうに見えた? 私が?

私、そんなにあからさまだった?

「……飛び降りないったら」

「うん。そうだったみたいだな。これからもそうであってくれ」

カラカラカラ、パタン。

○●○

今週の教室掃除はうちの班だった。清掃終盤、私は一人でゴミ捨てに出た。ゴミ捨て場で中身をぶちまけ、ずいぶん軽くなったゴミ箱を片手に下げて、帰宅に向けて足取りが浮わついている生徒たちをかわしながら、教室に至る廊下をダラダラ歩いていると、後ろから呼び止められた。

チセだった。

「私がいないところで、私とヨシマチ先輩とのことを面白おかしく言ってるでしょう」

心臓がギュッと引き攣ったような気がした。

条件反射的に嘘を言った。「言ってない」

「嘘。ダメだよ、ごまかしても。分かるんだから」

私が知っている「女子の生態」に基づくと、通常、女子は自分が陰口を言われているという事実に直面したとしても、それを直視しようとしない。完全無視して耐えるか、「気のせいだ」「他の誰が言われても自分だけは言われない」「言われるようなことは何もしていない」と思いこもうとする。

のだが。

しかしチセは私をまっすぐ見据えて言う。

「ヒトのことあれこれ言うのがそんなに楽しい？　高校生にもなって、くだらないと思わないの？　あんたたちのやってること、まるで小学生だよ」

頬をほんのり赤くして言い募るチセ。

彼女のその姿に、私の胸はなぜか震えた。

「何よ、集団でないと何もできないくせに」

「………………」

「ねえ、ちょっと、なんか言いなさいよ」

「……直接言ってくれて嬉しい」

「は？」

「陰でコソコソ言うんじゃなくて、面と向かって私に私の悪口言ってくれて、助かる」

チセは気味悪そうに私を見た。「何それ。あんた、変」

私はチセの目を見た。「私だって、陰でコソコソ言うの、いやだもん」

「そんなこと言って。あんただって参加するくせに」

「そりゃ、するよ。だってしないといろいろ後腐れがあるじゃない。面倒だよ。そうでなくても面倒なのに」

するとチセは口を尖らせて俯いた。「まあ、分かるけどさ」

チセが黙ったので、私は歩き始めた。

今はまだ掃除の時間なのだ。私が戻らないと班のみんなも掃除を終わらせることができないから、私は何を措《お》いてもひとまず教室に向かわねばならない。

チセは、つかず離れずの距離を保って、ついてきた。

そして、ボソボソした声で言った。「やっぱ、あんたって、変わってるよ」

「どういうふうに」

「周囲に合わせてはしゃいでるけど、実は何事にも冷めてて、全然興味なさそう」

「何それ」

「そう見える」

第三者から、自分はどう見られているのか。

あまり知りたくないような気もするけど、でも、気になる。

――私ってどう見られてる？

取り立てて言及するほどのこともなく、いたって普通なのだろうか。人目を引くほど変わっているのだろうか。周囲とは違う雰囲気を発しているのだろうか。存在がかすむほど馴染んでいるのだろうか。甘いにおいを振りまいているのだろうか。今にも飛び降りそうに見えるのだろうか。

「それって、あからさまに?」

「いや。あんたはうまく擬態してる。ほとんどの娘は気づいてないと思う。でもそれはきっと他の娘が自分の擬態でいっぱいいっぱいだから」

「だからチセは他の誰でもなく私に話しかけたの?」

「え。どうかな。うん。そうかも」

「チセが気づいたのは、チセは擬態してないから?」

「そう、なのかな。自分で自分のことは分からない」

チセとこんなにじっくり話したのは初めてだった。

しかも、こんな話題で。

なんだか、変なカンジ。

私は階段をトントンと昇ったが、チセは階段の前で足を止めた。彼女は掃除当番ではないし、それに、通学カバンをすでに手にしている。わざわざ教室に戻らなくても、もうこのまま帰ってしまえるのだ。

チセは私を呼び止めて、念押しするように言った。

「もう一つ、他の娘とあんたの違うところは、あんたは何にも執着しなさそう、というところ。他の娘は、逆に、執着しまくってるからね。いろいろなものに」

「そうかな」

「そうだよ」

いいや。

そんなことない。

私の執着は深い。


この日も、私とミナモさんはベランダで鉢合わせした。

仕切りの向こうを覗いて、私は顔をしかめてみせた。「また吸ってる」

「僕ぁ、これでも節煙してるほうだよ。一日に三本以上吸わないようにしてるし」

「本数は関係ないよ。タバコばっか吸ってるとね、肺が真っ黒になっちゃうのよ。知ってる？　喫煙者の肺ってすごく汚いんだから」

保健体育の教科書に載っていた参考写真を思い出す。喫煙者の肺と非喫煙者の肺が並んでいて、その違いは一目瞭然だった。非喫煙者の肺はムチムチのピンク。喫煙者の肺はボソボソのドロドロで、まだらに黒い。グロテスクで生々しくて、インパクトの強い二枚の写真。

しかしミナモさんはしれっと答えた。「世の中、キレイなもののほうが少ないよ。だから尊ばれるんだろ」

うわあ。キレイ事。

と、いつものノリで憎まれ口を叩こうとした。

しかし、やめておいた。

その通りかもしれない、と思ったので。

――世の中、キレイなもののほうが少ない。

その言葉を心の中で唱えながら、眼下に広がる街を眺めた。

駅の方角から電車の音の混じる風が吹いてきた。

最近、風が急に冷たくなったような気がする。

「世界で一番汚いものってなんだと思う？」

仕切りの向こうから問いかけられた。

なんだろう。私は首をかしげた。キレイなもののほうが少ないならこの世の中は汚いものだらけだろう。そんな中で特に汚いものというと……

「ヒトの心、とか」

言うのと同時に嘲笑が浮かんだ。ヒトの心、だってさ。クサいな。友だちの輪の中で言っていたらきっと冷やかされるフレーズだ。

しかしミナモさんはバカにしなかった。「いい答えだ」

ちょっと嬉しい。「そう?」

「でも、ハズレ」

「なんだ。じゃあ、正解は?」

「カネ」

これまたずいぶん平凡な解だ。

少し拍子抜けしてしまった。「それ、比喩《ひゆ》で言ってる?」

「そう取ってもいい。でも、実際にも、かなりばっちいものだ」

「実際?」

「うん。カネっていうのは、大抵の場合、一箇所に留まることなく巡り回っているものだろう。何人も何人も何人も、数え切れないくらいの手に触られていく。どんな人間がどんな手で触ったか分からないじゃないか。便所した直後の手で触れたかもしれない。ゴミをあさった手で触れたかもしれない。血のついた手で触れたかもしれない。そうでなくても人間の手というのは菌だらけだ。ヒトの手から手へと渡っていくカネってものは、つまり、どうしたって、おそろしく汚くなるものなんだよ」

なーんだ。汚いって、そういう意味か。

趣に欠けるなあ。

まあ、ミナモさんにロマンチシズムを期待するのが間違っているのかもね。

私は軽く溜め息をついてみせた。「そりゃね、確かにそうかもしれないけど、でも、そんなのいちいち気にしてられないよ」

「そうかね」

「うん。私は気にしないよ。だって、おカネに触らなきゃ、何も買えないんだから」

「そうだな。君は正しい」

仕切りの向こうで、ミナモさんが立ち上がる気配がした。

「ふあーあ」

間延びしたあくび。

きっと背伸びもしているだろう。あの長い手や足をぐーっと伸ばして、子どもみたいに。そういう気配がする。

あくびは伝染するものだ。

口の奥がむずむずして、こらえきれず、私も、声を出さないようこっそり、あくびした。すると。

「今、あくびした？」

そう言ったミナモさんの声は笑みを含んでいた。

私は面喰らった。「何よ」

「なんだ。ホントにしたのか」

「あっ、カマかけたのね」

「難しい言い回し知ってるなあ」

カラカラカラ、パタン。

いつものように戸を開閉する音がして、ミナモさんは部屋の中に入ってしまった。

私はふてくされててすりにもたれた。でも顔はにやけている。

私はこの関係を楽しんでいた。

隣に若い男が越してきたことや、その若い男と時々ベランダ越しに会話していることを、私は誰にも言わなかった。学校の友だちはもちろん、同じ部屋に住む親にさえ言わなかった。言ったらなんだかややこしいことになるような気がしたのだ。まったりと穏やかなこの時間が、まるごと奪われるような気がしたのだ。

秘密の関係ってのが、なんか、いいよね。

ミナモさんのことは、誰に訊かれたって言わないつもりだった。

お菓子作りと同じだ。誰にも踏み荒らされたくない、私の領域。

だから、警察と名乗る二人組のおじさんが訪ねてきて、ミナモさんと分かる写真を出しながら「この付近でこういう男を見かけませんでしたか」と尋ねてきても、そ知らぬ顔で「見てません」と言うことができた。

玄関の呼び鈴が鳴ったのは、学校から帰ってすぐ、部屋着に着替え終えるか終えないかというタイミングだった。着古したTシャツにジャージという、この上なくくつろいだ格好で玄関に出ると、二人組のおじさんに、警察手帳と一葉の写真を提示されたのだ。

「この付近でこういう男を見かけませんでしたか」

「見てません」

このヒト、何をしたんですか。

どうして警察が捜してるんですか。

そう訊きたかった。でも、訊いたらきっと怪しまれてしまうと思った。あちらは捜査のプロで、こちらはただの高校生だ。隠そうとするほど態度に不自然さが出て、悟られなくていいことまで悟られてしまうに違いない。現に今、心臓はバクバク鳴っているし冷や汗は滲《にじ》んでいるし、私はすでに相当動揺しているのだ。余計なことは言わないほうがいい。そう思い、口を噤《つぐ》んでいた。大人に対して無愛想な態度を取る高校生なんてザラにいるのだから、こうしているほうが、いくらかマシなはず。

刑事さんが去った後、ドアを閉めると、施錠するより何より先に、すぐさまドアに耳をくっつけた。刑事さんの足音がドアの前を離れ、階段のほうに移動していくのが分かった。

このマンションの五階には、四世帯が入っている。私の部屋は五〇四号室で、角部屋だ。エレベーターホールのほうから順に回っていったなら、他の三部屋はもう訪ねてしまったはずだ。

五〇三号室も訪ねたのだろうか？

そうだとしても、ミナモさんは顔を出していないに違いないが。

ミナモじいさんが応対したのだろうか？

そういえば、ミナモさんったら、初対面のとき、私に「通報する？」とか言って困らせたくせに、通報されて困るのは自分のほうじゃないの……

ミナモさんは、今、部屋にいるのだろうか？　いるとしたら、あの刑事さんたちを居留守でやりすごしたのだろうか？　私が刑事さんたちの応対をしたことや、ミナモさんの写真を見せられたことを、ミナモさんは気づいているのだろうか？　私が刑事さんにミナモさんのことを話したと思って不安になってやしないだろうか？

――私、ミナモさんのこと知ってたけど、刑事さんたちには何も言わなかったよ。私、誰にも何も言わない。これからも言わない。だから心配しないで。

そう伝えたかった。

しばらくしてから、廊下に誰もいないことを見計らって、五〇三号室のチャイムを押した。しかし反応はなかった。五〇四号室に戻り、ベランダから身を乗り出して五〇三号室を覗いた。が、電気はついておらず、ヒトの気配もしなかった。

いない？　出かけているのかな？　それとも、居留守？

途方に暮れながら、部屋に戻る。

警察に追われているなんて。

彼は一体何をしたのだろう。

●○●

放課後、チセに「ドーナツ食べに行かない?」と誘われた。

「秋の新商品がおいしそうだから、食べてみたいの」

私は帰宅部だし、今日はこれといって用事もないし、あのドーナツ屋さんの秋の新商品を食べてみたくもあったので、「いいよ」と答えた。ミナモさんのことは気になるけれど、でも、家にいたところで私にできることは何もない。

帰りがけにチセに誘われるのも初めてなら、学校の外でチセと二人っきりで行動するのも初めてだった。しかし不思議と二人の間にぎこちなさはなかった。

駅前通りにあるドーナツ屋さんの二階席に、向かい合って座る。

チセは開口一番に言った。

「あのさ、私さ、ヨシマチ先輩とは、ちゃんと付き合ってるから。イワサコとはしっかり別れたから」

しっかり別れたというのがどういうことなのか私にはいまいちピンと来なかったが、新商品のドーナツをもくもくと食べながら「ふうん」と頷いておいた。

「だから、私がヨシマチ先輩に殴られたとか、部室に連れこまれて複数人にやられたとか、そういうのはみんな根も葉もないの。そういう噂が一人歩きしてるのは不本意なの。ヨシマチ先輩は、ちゃんと優しいもの。あと、私、尻軽じゃないし。というか、今までに付き合ったことがあるのはイワサコとヨシマチ先輩の二人だけなのに、どうして尻軽とか言われちゃうんだろう。ねえ、ちょっと、私の話、聞いてる？」

「うん」

「どう思う？」

「なんで私にそんな話するのかなって思う」

するとチセはしゅんと俯いた。「誰かに知っておいてほしかったっていうか。みんなに誤解されたままって、いやじゃない？」

チセはマグカップの把手《とって》をつれづれとなぞった。その指の動きはなんだか潤いがあって、とても女の子らしかった。チセの指はキレイだ。縦に長い楕円形の爪。先生たちがうるさいからマニキュアは塗っていないけど、磨いていたりはするんだろう。ツヤツヤと照って、桜色のキャンディみたいだ。

「私一人に打ち明けたところでみんなは誤解したままだよ」

「みんなは、もういいよ。みんなに言ってもムダな気がするから。話が分かるヒトにだけ、分かっておいてほしい」

　チセの今日の言動はやや支離滅裂であり、理解しがたい部分もあったけど、まるで共感できないわけではなかったし、だいたい、筋道立った理論的な恋愛話をする女子などは女子と呼んではいけない気がするので、女子としてはこんなもんだろうなと思い、とりあえず「ふうん」と頷いておいた。


　日の入りがずいぶん早くなった。

　チセとドーナツ屋さんでダラダラとしゃべっていたら、いつの間にかすっかり日が暮れていて、私は慌てて帰宅の途についた。坂を足早に上りながら、自分が住んでいる古くて汚くて狭い建物を見上げてみる。

　五階、自分ちの窓は暗い。

　誰もいないのだから当然だ。父は仕事。母は、この時間、パートに出ている。

　しかし、その隣――

　五〇三号室のベランダ。

　暗がりに、小さな、本当に小さな赤い灯火が一つ、ぷかりと浮かんでいる。ミナモさんがベランダに出て、いつものように一服しているのだ。ほの赤く燃えるタバコの火が、呼吸に似たリズムで強くなったり弱くなったりしている。

ホタル族という言葉があるけれど、確かにあれは、ホントに蛍みたい。

次の瞬間、たかがタバコの火が蛍のように見えたことも、自分ちの窓が真っ暗であることも、自分がセーラー服を着ていることも、今が日の短い秋であることも、すべてが儚《はかな》く物悲しいことであるような気がしてきて、居ても立ってもいられず、私は駆け出した。坂を駆け上がり、マンションのエントランスに飛びこみ、エレベーターに飛び乗って、廊下を駆け、もどかしく鍵《かぎ》を開けて部屋に入り、カバンを投げ捨てて、ベランダに向かう。

ゼェゼェ言ってるといかにも不審なので、無理やり息を整える。

仕切りの向こうから、ごろごろと低い声がする。

「あのビル、マンションになるらしいぞ」

線路向こうの、建設中のビルのことだろうか。

どうでもいい話だ。

でも私は今、どうでもいい話がしたい。

深刻な話はしたくない。

本当は、したほうがいいんだろうけど。

「……ずいぶん高い」

ねえ、ミナモさん。

この前、警察が来たんだよ。

あなたを捜していたよ。

「そうだな。駅の目の前だし、かなりするだろうな。入居するヤツはセレブさまなんだろう。貧乏人を高層から見下ろすなんて、厭味だよな」

「え。私、家賃のこと言ったんじゃないよ。建物の高さのことを言ったんだよ」

「左様でございましたか」

警察のヒトは、たぶん、マンション全戸を回ったよ。

このマンションだけってことはないと思う。

近所一帯にも聞き込みしてるはず。

これからどうするの？

「大人ってやーね」

「ごめんね」

ねえ、ミナモさん。

あなたは何をしたの？

あなたは危険な犯罪者なの？

「あのマンション周辺、一気に陽当たりが悪くなるな」

「そうね」

警察にあなたのこと訊かれたけど、私、何も話さなかった。

知らないフリしたよ。

それは正しいことだった？

「日照権とかで揉《も》めるんじゃないか」

「ここは陽当たりよくていいよね」

「そうだな」

今、すべてを話したほうがいい？

私が今疑問に思っていること、全部、訊いたほうがいい？

柄にもなく気を回して思い詰めたせいだろうか、さほど優先順位の高くない、しかしよく考えてみればデリケートな疑問が思いがけず急浮上してきて、私の口をついて出た。

「おじいさんはどうしてるの？」

ミナモさんは、一瞬、口を噤んだ。

どういうことのないはずのその沈黙に、私はなぜかひやりとした。

ミナモさんは煙を吐くように答えた。「死んだ」

「……いつ」

「ついこの間。病気だったけど、でもあれは寿命だ」

「………」

「だから僕はここに来た。この部屋はじいさんの持ち物で、じいさんが死んだら僕がもらうことになっていたから」

「そう、なの」

「そうなんだ」

ベージュ色の仕切りの向こうで、彼が立ち上がる気配がした。

私は声をかけられなかった。

カラカラカラ、パタン。


その日以降、ミナモさんは姿を見せなくなった。

室温に戻したバターを泡立て器で練り、砂糖を混ぜ、空気を混ぜるようにしながら、白っぽくなるまでとにかく混ぜる。甘い香りが立ってきたら卵黄を加えて混ぜて、それから薄力粉と塩をふるい入れ、今度は泡立て器ではなくゴムベラでさくさくと切るように混ぜる——

○●○

ミナモさんがベランダに出てこなくなって三日が経った。

ほんの三日。

されど三日だ。

初めて顔を合わせて以来、三日も間が空いたことなんてなかったのに。

どうしてミナモさんは顔を出さなくなったんだろう。私は何か怒らせるようなことをしただろうか。考えられる原因としては、やっぱり、ミナモじいさんの話。あれは、口に出しちゃいけなかったのだろうか……それとも、まさか、とうとう警察に捕まった？　でも、そんな話、新聞にもテレビにも、近所のオバサンの井戸端会議にさえ出てこない。マンションはいつもと変わらず平静だった。にもかかわらず、私は不安でしょうがない。なんだかおかしいことが起こっているような気がしてならない。このままぼんやりしていたら、取り返しのつかないことになるんじゃないか……いや。よくよく考えてみると、私とミナモさんの交流は、それ自体が異常なことだったかもしれない。女子高生と引きこもり失業者の生活サイクルが何日も続けてぴったり同じなんて、そもそも、そこからして、おかしかったのかもしれない。何かが普通じゃなかったのかもしれない。何かが狂っていたのかもしれない……

さくさく混ぜる。粉っぽさがなくなってもしっかり混ぜないと、後で切るとき困ることになる。

生地を均等に二つに分けて、ラップに包む。台に押し付けるようにゴロゴロと転がして、それぞれ直径四センチほどの棒状にする。そして冷蔵庫に入れ、一晩寝かせる。生地を寝かせるというのは、地味だが大事な過程だ。食べたときの歯ごたえや舌触りが全然違ってくる。

この生地がオーブンで焼きあがっていくときの甘い香りや素朴なキツネ色を思い浮かべるだけで、胸が躍るのだ。

いつもなら。

今日ばかりは心が浮き立たなかった。苛立《いらだ》ちさえ感じる。手の中にある、この、できたての生地が、なぜだろう、ひどく疎ましい。ブニブニした淡黄色の物体。喫煙者の黒い肺。室温に戻したバター。ピンク色の肺。凍った卵白。新商品のドーナツ。クスクス笑い合う女の子たち。支離滅裂な恋の話。男と女の怒鳴り声。キリンの頭上に輝くルビーの冠。桜色の爪。秋の蛍。くたびれたサンダル。甘いにおいをさせている私。何事にも興味なさそうにしている私。ベランダから飛び降りそうに見える私。全部まとめて思いっきりゴミ箱に叩きつけてやりたい衝動に駆られる。

バタムとドアを閉め、冷蔵庫に閉じこめてから、溜め息をつく。

私は、この先、あの生地を焼くことがあるだろうか。

あの生地は冷蔵庫の中で放置され続け、腐っていく運命なんじゃないだろうか。

翌日。

学校にはいつも通りに行ったが、何をしていても身が入らなかった。友だちとのおしゃべりも、授業も、何もかも上の空。ぼんやりと窓の外ばかり見ていたので、英語の授業のとき、先生に注意されてしまった。私は、普段、なんの問題もない優等生で通っているので、先生に怒られるという事態に慣れていない。だから、みんなの前で注意されたことが無性に恥ずかしくて、いたたまれなくて、消えてしまいたいような気持ちになった。そのうち「どうして私はここにいるんだろう」という、哲学的な境地に至りかねない疑問もわいてきて、しまいには「私はこんなところよりももっと他にいなきゃいけないところがあるんじゃないか」という気さえしてきた。

だから、というわけでもないのだが。

休み時間のチャイムが鳴るやいなや、自分の机に引っかかっていたカバンを摑み、教室から飛び出した。

戸口の前でぶつかりそうになったのは、チセだった。

チセは最近とてもキレイだ。以前からそれなりに可愛い娘ではあったけど、最近は特に、瑞々しく輝いている。今だって、彼女の滴るようなキレイさに、不意を衝かれてギクリとしてしまった。これは、彼女が恋をしているせいなのか。

チセは目をまん丸にして「どこ行くの」

「帰る」

「え、でも」

「帰る」

チセが何か言うのが聞こえたが、私は足を止めなかった。

曇り空の下、ひと気のない道を、黙々と歩く。

帰りついた五〇四号室には、当然、父も母もいない。

夏休みでもないのに、平日の、こんな陽の高い時間に家にいるのは、なんだかヘンなカンジだ。これといってするべきこともなく、自分の家なのに所在無い。

冷蔵庫を開けて、何も取り出さずに閉め、

新聞を広げて、ろくに読まずに畳み直し、

テレビをつけて、まともな像を結ぶ前に消し、

居間のソファでしばらくぼんやりした。

静かな部屋に背を向け、フラフラとベランダに出た。

見下ろす街も、このマンションも、無人であるかのように静まりかえっていた。

狭いベランダの中で、五〇三号室の側に可能な限り寄り、なけなしの集中力を掻き集め、耳を済ましてみた。しかし、何も聞こえてこない。ならばと仕切りから顔を出し、身を乗り出して、隣戸を執拗に覗いてみる。

五〇三号室は、ガラス戸も、その向こうのカーテンも、ぴったり閉じられていた。

ヒトの気配は、まったく、ない。

ガッカリするのと同時に、バカらしくなった。

……もう、いいや。

もう何かを期待したり待ったりするのはやめよう。

だって、こんなの、おかしいもの。

もうやめよう。

もう部屋に戻ろう。なんだか寒いし。

ガラス戸に手をかけ、足首をカクカクさせてサンダルを振り落とそうとしたとき。

五〇三号室から、物音がした、気がした。

まさかね。気のせいだ。そう思いつつも、私はサンダルを履き直し、先程と同じように仕切りから顔を出して隣を覗いた。が、無論、相変わらずヒトの気配はない――

いや。

下のほう。

薄いブルーのカーテンをわずかにたくしあげて、ごろっとした男の裸足が覗いている。

それを発見しただけで、頭の中を血液が巡り始めた。

「ミナモさん？」

呼びかけてもピクリとも動かない。

聞こえていないのだろうか。

もしかして、寝てる？

しかし、よくよく見れば、彼は、絨毯《じゆうたん》も敷かれていないフローリングの床に、直に寝転がっているようなのだった。いくら彼が引きこもりの変わり者とはいえ、あんな硬くて冷たそうなところで昼寝もないだろう。今日は朝からずっと曇天で、陽が射していないから、日光浴というわけでもないだろうし。

ということは、これは——

胸に黒い不安が押し寄せてきた。

何かが起きているのではないだろうか。

取り返しのつかない何かが。

「ミナモさん」

すぐにでも駆けつけなければならないのではないか。

そう思った瞬間、私の頭はかつてないフル回転を始めた。

玄関に回るのはもどかしい。それに、きっと五〇三号室のドアは施錠されているだろうから、無駄足になってしまう。一刻も早くこの状況を打開したいのに。私はベランダを仕切るベージュ色の板を見つめた。そこには黒いゴシック体で「非常時にはここを破って隣戸に避難できます」「非常口となりますので物を置かないでください」と書かれてある。

ミナモさんは、以前、言っていた。

――ここ、破っていいからね。

あの発言は「もし閉め出されて、万が一そのまま放置されたら」という仮定付きだったけど、でも今は、非常時だから。だから。だから私は、ベージュ色の仕切り板を、サンダルの靴底で思いっきり蹴飛ばした。パカーンという音が、灰色の雲でフタをされた街にくぐもって響いた。仕切り板は、覚悟していたよりもずっと軽い力で破ることができた。自分で開けた穴をくぐり、五〇三号室のベランダへ。

幸い鍵のかかっていなかったガラス戸を引き開けて、サンダルを脱ぎ捨てながら、冷たいフローリングの室内に転がりこんだ。他人の家のにおいがした。

「ミナモさん」

揺り動かすと、ミナモさんが呻き声を上げた。

死んではいない。

「ねえ、大丈夫？　どうしたの？」

「……ら、った……」

「え？　何？」

「はら、へった」

「え？」

「腹減った」

なんだそれ。

私は脱力してへたりこんだ。「やめてよね、もう……」

「お願いだ……何か、食べさせて、ください」

「どれくらい食べてないの？」

「ええっと……米だけで一週間すごして、でも米も四日前になくなって……それで、固形物は二日間くらい食べてない、かな」

「嘘でしょ」

「いや、ホント……」

「なんで若い男が飽食の現代日本で餓死しそうになってるのよ」

「……外へ買い物に行かなかったから」

ギクリとした。

ミナモさんは、自分が警察から追われていることを知っている？

だから部屋から出られなかった、いや、出なかった？

それで買い物に行けなくて、食料が尽きて、こんなことに？……

私がぐるぐると思案していると、ミナモさんは「へへ」と、カサカサに荒れた唇にうっすら笑みを載せた。「なあ、聞いてくれよ」

私は少し身構えた。「何？」

「タバコも一週間前になくなっちゃってさ……つまり、一週間、吸ってないんだ。これって、禁煙成功ってことじゃないかな。へへ……」


つまりはそういうことなのだ。

タバコがなくなったから、ベランダにも出てこなかった。

それだけのこと。

「なーんだ。バカじゃないの。心配して損した……」

ブツブツ言いながら私は自分ちに戻り、冷凍庫にあったクリームソースのパスタを電子レンジにぶちこんだ。解凍している数分の間に、インスタントのスープを電気ポットのお湯で溶かす。煮物の鍋を火にかけて、少し温める。これは昨日の夕食の残りだ。それと、三個残った袋入りのロールパンも、一応、持っていこう。

これらをまとめてトレイに載せ、五〇三号室に持ちこみ、居間の真ん中の座卓に置いた。

「どうぞ」

不明瞭な声でお礼らしき言葉を述べながら、ミナモさんは食べ物のにおいに引き寄せられるように身を起こし、這《は》うようにしてどうにか座卓まで辿り着いた。箸《はし》を取ったところでふと顔を上げ、私をザッと眺めて「ホントに高校生だったのか……」

「は？」

「セーラー服だ」

「セクハラ！　いいからさっさと食べなさいよ」

「はい」と縮こまって返事して、ミナモさんは食べ始めた。最初は、胃が驚くのを避けるためか、ずいぶんスローペースで食べていた。しかし、だんだんと一口が大きくなっていく。パスタがあっという間に消え失せる。煮物も、結構あったのに、もう半分もない。

彼の食べっぷりを見ていて、私は不安になった。

だって、この調子では、きっと足りない。

食料を、もっと持ってきてあげないと。

でも、冷蔵庫の中のものをヘタに使うと、お母さんに訝しく思われてしまう。冷凍パスタはだいぶ前に購入した備蓄食料だからなんとかごまかせるにしても、煮物とロールパンがすでになくなっているのだ。これ以上は「おなか空いたから私が食べちゃった」と言い訳できる範囲を超えてしまう。

どうしよう。

私がミナモさんにあげられる食料というと――

「ねえ。甘いもの好き？」

ミナモさんは顔を上げ、口の中いっぱいにロールパンを詰めこんだまま、口をあまり開けない喋り方で「人並みに」と答えた。

「じゃあ、ちょっと待っててくれる？」

返事を待たずに、私は五〇三号室を飛び出した。

再び五〇四号室に走って戻った私は、台所に駆けこむやいなや、オーブンのツマミを回した。それから、冷蔵庫から生地を取り出す。よく休ませて安定した生地。ひんやり、しっとり。掌に馴染む。

ラップを外し、生地にザラメ糖をまぶす。

ザラメ糖をまぶすという過程は、実はなくてもいいんだけど、私はあったほうがいいと思う。まず見た目がキラキラしてキレイになるし、それに、噛んだとき口の中でカリッと甘さが弾けるのだ。

生地を均等な厚さに切って、クッキングシートを敷いたオーブンの天板に並べる。

百八十度で、十五分——


「何持ってきたんだ。すげえいいにおい」

五〇三号室に戻ると、ミナモさんは身を乗り出して、私の手元を覗きこんだ。

座卓の上を見ると、煮物もロールパンもキレイになくなっていた。

できたての焼き菓子を前に、子どものように目を輝かせる。「クッキー？」

「ううん。これは、サブレ」

「どう違うの」

そう言われると困る。

私は首をかしげた。

「まあいいや。へえ。食っていいの」

「いいよ。どうぞ」

待ってましたと言わんばかりにミナモさんはサブレを一つ手に取り、ぱくりと頬張った。さくさくさく。小気味のいい音がする。自分以外の誰かが、自分の作ったサブレを食べているのを見るのは、なんだか不思議な気分だった。

ミナモさんは目を閉じ、唸るように言った。

「うまい」

そのたった一言で、頭蓋骨《ずがいこつ》の中が、じわーんと熱く痺《しび》れた。

嬉しい。

「そう?」

「うん、うまいよ」と言いながら、次の一つに手を伸ばす。

こういうときはどういう顔をしていいか分からなくて、私はオロオロと俯いた。

「ミナモさん、餓死しかかったから、今はなんでもおいしく感じるのよ……」

「うーん、それを差し引いても、うまいと思うよ。僕はこういうのあんまり詳しくないけど、でもこれは相当うまいんじゃないかな」

頬が赤くなっていくのが自分で分かった。

頭の中がぽっぽとして、自然、口が軽くなる。

「あのね、今日のはプレーンだけど、いろいろバリエーション、あるのよ。ココアパウダーいっぱい入れてココアサブレにしたり、ゴマとかナッツ入れても、おいしいんだ……」

ミナモさんは食べる手を止めずに、私の言葉にいちいち「へえ」「そうか」と頷いてくれた。そんなミナモさんを見て、あと少しだけ残っているクロッカンも持ってくればよかった、と、ほんのり後悔する。

ぱくりぱくりと食べ続け、早くも半分を消費しそうになった頃、口の中をサブレでいっぱいにしながらミナモさんは立ち上がった。「これにはきっとコーヒーが合うだろうな。淹れてくる」

「あれ。コーヒーはあるのね。食料はなくても」

「ああ。コーヒーならあるんだ。でもあまり飲まなかった。空腹にコーヒーを流しこむと、胃に穴が開きそうだったから」

「そうだね」

「君も飲むか」

「うん」

そうして私は居間に一人になった。

……そういえば、私、男のヒトの部屋にいるんだわ。

急に落ち着かなくなって、そわそわとあたりを見回す。

この五〇三号室はもともとミナモじいさんの部屋だったから、ところどころに、いかにもおじいちゃんっぽいものが置いてあった。お経の本とか、年季の入った習字道具とか、黄ばんだハガキの束とか。

あと、目につくものといえば、文庫本。コミックス。などなど――そうだ。いつだったか、ミナモさんは五〇三号室に引きこもって「本読んだり、撮り溜めてたビデオ観たり」していると言っていた。あの証言は本当だったのか。

それと、汚い。

廊下に、燃えるゴミの日に出しそびれたのであろうゴミ袋が、いくつか転がっていた。空き缶や空きペットボトルがいっしょくたに放りこまれたビニール袋なんかも。この地区では、缶とペットボトルは分別しないと持っていってくれないんだけどな。

なんか、ゴキブリとかいそうだな……

恐々としながら部屋の中を見わたして、戸口のわきに、ドラムバッグがあるのを見つけた。小さな子どもなら余裕で入れそうな、大きなものだった。

明らかに普段用ではない大きなカバンを部屋の動線上に出しっ放しにしている理由として考えられるのは二つ。近々旅行に行く予定があるか、それとも、旅行から帰ってきてそのまま放置しているか。

ミナモさんは引きこもりだから、旅行とは縁がなさそうだけど……

なんとなく気になって、ドラムバッグの中を覗きこんでみた。ファスナーが開けっ放しだったから、中身がすぐに目に入った。詰めこまれていたのは、大量の一万円札だった。

「うわ」

間違いなく、どう見ても、福澤諭吉《ふくざわゆきち》だった。

千円札でも五千円札でもない。

「……ホンモノ？」

いや、まさか。

テレビドラマとかに小道具で使ったりするフェイクのお札だよね。

だって、ホンモノだとしたら、これ、一体いくらくらいになるんだろう。小さな子どもなら余裕で入れそうなほど大きなドラムバッグをパンパンに膨らませる一万円札というのは……

背後に気配が立った。

振り返ると、湯気の立つマグカップを両手に持ったミナモさんが、部屋の戸口に立って、私を見ていた。

喉の奥でヒッと息が詰まった。「ごめんなさい」

ミナモさんは、私にずいと詰め寄ってきた。

私は思わず身を硬くしたが。

ミナモさんは、無言のまま、私にマグカップを差し出しただけだった。

「……あ、ありがとう、ございます」

私は指先が震えそうになるのをこらえながら、どうにかそれを受け取った。

ミナモさんは座卓の向こう側に腰掛けると、何事もなかったかのように、ふうふうと湯気を吹き飛ばしながらコーヒーをすすり始めた。おなかが膨れたためだろうか、さっきの死にそうな様子とは打って変わって、余裕たっぷりの佇まいだった。

私はおそるおそる訊いた。「……私を殺す？」

ミナモさんは「はい？」と眉をひそめた。「なんだそりゃ」

「だって、見たし」

「確かに見られたけど、別に殺しゃしないよ。物騒だな」

「あの……このカバンの中にあるのって、おカネ、だよね」

「もちろん」

「ホンモノ？」

「ホンモノだよ」「これ、いくらくらいあるの」

「約一億」

「いちおく……」

テレビなんかではよく聞く単位だけど、実感は湧かなかった。

というか、一億円って、たったこれっぽっちなんだ。もっともっと見上げるほどの山積みになってるイメージがあったけど……と、一億という数字に実感を持てない私は、ぼんやりとドラムバッグの中身を見つめた。

「ほしい？」

「え」

「あげようか。食べ物のお礼として」

そう言って、ミナモさんは小学生男子みたいにニヤリと笑った。

今度は私が眉をひそめる番だった。「ずいぶん簡単に言うね」

「複雑な話じゃないから。で、どう？　ほしい？」

「いらない。なんか、やばそうだもん」

ミナモさんは「確かに」と軽く頷き、コーヒーをすった。

私もコーヒーを一口ちびりと飲んだ。「……ねえ、ミナモさん」

「うん」

「この前、警察のヒトがうちに来たよ」

「そうか」

「ミナモさんの写真を見せられた。この男をこの付近で見かけなかったかって訊かれた」

「それで？」

「知らないフリしておいた」

ミナモさんは座卓に両の肘をついた。「庇《かば》うと君も犯罪者になっちゃうぞ……って、未成年だとセーフなんだっけ？」

「このおカネのせいで警察に追われてるの？」

「まあそういうことだね」

「このおカネはどうしたの？」

「どうしたと思う」

「盗んだ？」

「勤め先からちょろまかした」

ミナモさんは頬杖をついたまま、くつくつと低く笑った。

「すごいだろ」

と言うその声は、笑っているのになんだか痛々しかった。

自虐的っていうのかな。

ベランダの仕切り越しに私とのんきな会話をしていたあのヒトとは別人みたいだ。

「このおカネ、何に使うの？」

「何にも」

「使わないの？」

「使うつもりはない。今までも、一切手をつけていない」

「どうして？」

「使えないよ。汚いカネだもの」

「おカネはみんな汚いんでしょう？」

ミナモさんが言ったのよ。

——世界で一番汚いものってなんだと思う？

——カネだよ。

——ヒトの手から手へと渡っていくカネってものは、つまり、どうしたって、恐ろしく汚くなるものなんだよ。

私、この話、実はすごく納得したのに。

「もちろん汚いけど、でもそういう汚さじゃなくて、うーん」

「比喩的な意味？」

「そう、だな。うん。たぶんそうだ……あのさ。このカネは、汚い場所から、汚い動機で、汚い手段を使って、奪ってきたものなんだ。この時点でもうずいぶん汚いんだけど、一枚でも使ったが最後、僕は、カネに触れた手だけでなく、ヒトとしての尊厳までも汚してしまう気がするんだ。意味分かる？」

「なんとなく」

「僕は、今だってそんなに大した人間ではないけど、むしろ、すでにかなり落ちぶれてしまっているけど、ヒトとしてやり直せる余地がギリギリ残っているところで辛うじて踏み止まっていると思うんだ。でも、このカネを使うと、最後の一線を越えてしまって、もう戻れなくなってしまう気がする。だから、使えない。怖くて使えない。額が額だから、使えばなんだってできるとは、分かっているんだけど。たとえば、海外逃亡するとか、家を建てるとか、新しい戸籍を買うとか、そういうことがいくらでもできるとは思うんだけど……僕の言ってる意味、分かる？」

「つまりこれは、ミナモさんにとって、すでにいらないおカネってこと？」

ミナモさんは「まあ、うん、そうかな」と、ふにゃふにゃ俯いた。「どちらかというと、持て余してるくらいだ」

「そう」

私はベランダに目を向けた。

私が入ってきたときから、カーテンは開きっ放しになっていた。色褪せたカーテンとベランダのてすりが額縁となって、空の一部を切り取り、絵画のように仕立て上げている。灰色の分厚い雲を背景に、蛍のリズムで瞬く赤い光。あれは、キリンの頭上に輝くルビーの冠。

「じゃあ、捨てちゃおうよ」

ミナモさんは「は？」と顔をあげた。

私はベランダの外を指差した。

「あのビルの上から、景気よく撒《ま》いて、捨てちゃおう。バカ高い家賃を払えるセレブたちが高みから貧乏人たちを見下ろす前に、私たちで、一億円を降らせるの。ねえ。そうしよう。きっと気持ちいいよ」

とあるベンチャー企業の経理担当だったミナモさんは、帳簿の数字を操作し、会社から約一億円を横領。目的を果たしたので、辞表という名の紙切れ一枚をペロッと出して、逃げてきたのだという。

「社長がカンべっていうんだけどさ」

このカンべという男、その昔、ミナモさんのお父さんとおじいさんが代々守っていた食品加工会社の経理担当をしていたのだが、なんとこいつも、会社のカネを横領したのだという。このことが発覚したときには時すでに遅く、大金もカンべも消えた後だった。

「カンべはこのときのカネを元手に会社を興したんだな」

大きな負債を抱えたミナモさんの会社は一気に傾いてしまい、数年後には倒産。それまで中流以上の生活を送っていたミナモ家も、坂道を転がるようにあっという間に没落していくことになった。

「笑えるのが、母親が解雇した役員と駆け落ちしたこと」

妹はグレてどこの馬の骨とも知れぬ男と蒸発。お父さんは借金返済に走り回り、心労でノイローゼになり過労で倒れ、そのまま帰らぬヒトに。おじいさんはすっかり気抜けしてしまって、唯一手元に残ったこのマンションに隠居。

残されたミナモ青年は、彼の人生をめちゃくちゃにしたカンべに復讐《ふくしゅう》を誓った。やがてミナモ青年は、名前を変え経歴を偽り、カンべの会社に潜りこんだ。自分や家族が味わった辛酸を、カンべにも思い知らせるために——

と。

肩からあの大きなドラムバッグをさげたミナモさんは、事ここに至った来歴を、セレブビルに至る道すがら、淡々と語ってくれた。

「つまり、ミナモさんは、自分の家族がやられたことをカンべにやり返した、ということね」

「そういうこと」

「それ、ホントの話？　作ってない？」

「作ってないよ。失礼な」

引きこもりのミナモさんはこのあたりに土地勘がないので、私のあとからついてくる形になっていた。人目につかないよう、なるべく大きな道を避け、住宅街の間を縫うような細い道ばかりを選んで歩いたから、まともに行くよりもずいぶん時間がかかった。

やがて、目指すセレブビルが間近に見えてきた。

フェンスの向こうにそびえる外壁は、まだ大部分が養生シートで覆われている。こうして間近で見上げてみると、やはり、かなり高層だ。それはそうと、エレベーターってもう設置されているのだろうか。まだついていなかったら、自力で昇ることになるけど——

「ありきたりに聞こえるかもしれないけど、不幸というものは往々にしてありきたりなものなのだよ」

「ふうん。まあ、そうかもね」

「分かってくれるか」

「うん。私の抱えてる不幸もありきたりなものだもの」

「そうなの？」

「そうなの」

だからさ、パーッと撒き散らしちゃおうよ！

きっと気持ちいいよ！

作業員たちの目を盗んで潜入し、最上階へ。ルビーの冠を載せたキリンをかつてないほど間近に見ながら、ドラムバッグのファスナーを一気に開き、すまし顔の福澤諭吉を何人も鷲《わし》摑みにして、この高層ビルのギリギリふちに立ち、あのマンションのベランダとは比べ物にならない高さから街を見下ろして、強風にあおられて転げ落ちそうになりながら、カネなんか吐いて捨てるほど持ってるくせにケチくさいセレブどもに成り代わって、「こんな汚いものいらない」「くれてやる」と喚きつつ、枯れ木に花を咲かせたじいさんのように、私とあなたで。

紙幣の雨を降らせるんだ。

そして、顔を見合わせて笑おう。

街はにわかに騒然となるだろう。

しばらくしたら、警察が来るだろう。

ミナモさんは捕まるだろうけど、私も一緒に捕まるだろう。

マスコミも寄ってくるだろう。

両親や友だちは、なんて言うかな？

ひと気のない路地の真ん中で、私は足を止めた。

ミナモさんがついてきていないことに気づいたからだ。

振り返ると、ミナモさんは少し離れたところで突っ立っていた。

私はその数メートルを駆け戻った。「どうしたの」

ミナモさんは微笑んだ。「やっぱり、ビルには行かない」

「なんだと。怖気づいたか」

「いいや」

「一億円が惜しくなったか」

「そうじゃない」

「じゃあどうして」

「僕はまず先にあっちに行こうと思う」

彼が指差した先にあるものを見て、心臓が止まりそうになった。

警察署。

この道は周辺住民しか通らないような裏道なので、大通りにある警察署は、一部がどうにか垣間見える程度なのだけど、でも、あれは確かに警察署だった。交通安全のスローガンが書かれた垂れ幕かかっている。

「どうして？　ここまで来て」

「ここまで来たからだ」

そうしてミナモさんは警察署に進路を変え、さっさと歩き始めた。

私は慌ててそれを追った。

「自分勝手なんだから！」

裏道を抜け、大通りへ。

大きな交差点に差しかかって、ミナモさんは足を止めた。

信号が赤だったのだ。

ここを渡れば、警察署の正面玄関はもうすぐそこだ。

……何か言わなきゃ。

そう思っていると、ミナモさんが「あのね」と口を開いた。

「あの五〇三号室、あのベランダは、僕にとっては檻だった。檻と言っても、優しい檻だ。自分から進んで閉じこもっていたくなるような、甘い香りのする檻」

ああ。

私も、いつも、似たようなことを思っていた。

ベランダの柵は檻のようだ、と。

自分は檻の中から外を見つめる囚人のようだ、と――

「退屈で窮屈で、とてつもなく孤独だけど、その代わりにとても穏やかだった。誰にも文句を言われない。誰にも傷つけられない。誰の目も気にすることなく、自由に過ごしていい。ゆっくりと腐っていくような感覚に陥ることもあったけど、この檻の中でなら、腐り落ちるのもいいかもしれないと思っていた」

信号が赤から緑に変わる。

私とミナモさんは交差点に入った。

「でも、やっぱり、檻は檻なんだ。長くいていい場所じゃない」

渡りきったところで、ミナモさんは足を止めた。

それから私を真っ直ぐに見た。

黒縁眼鏡の奥の目は優しい。

このヒトは、髪をきちんとセットして、ヒゲもきちんと剃って、きちんとしたスーツを着たら、たいそうカッコよくなるんじゃないだろうか。カンベの会社にいたときは、横領を企んでいるにしても、上からも下からも信頼されて慕われる、できる男だったんじゃないだろうか。

そんなことを思わせる眼差し。

「ここまで連れてきてくれて、ありがとう」

「……連れてきてない。ミナモさんが自分で勝手に来たんじゃない」

「でも、ありがとう」

ミナモさんの気が変わることはなさそうだった。

では、本当に、ここでお別れなんだな。

そう思うと、鼻の奥がじわじわと熱くなってきた。私は、身近なヒトとの別れというものを、幸いにして、これまで経験したことがなかった。だから今、どんな顔をしていいのか分からない。何を言っていいかも。

数秒の葛藤《かっとう》の後、私は笑ってみせた。できるだけふてぶてしくに見えるように。私は哀しんでいないということを示すために。

「仕方ないなあ。じゃあ、行きなさいよ」

「ああ。行ってくるよ」

「キレイな体になって帰ってくるのよ」

「うん。帰ったら、またあのサブレを作ってくれよ」

「いいよ。作ってあげる。食べに来てね」

ミナモさんは笑顔で頷き――

きびすを返そうとして、半端なところで足を止め、また私に向き直った。

「そういえば、君の名前、聞いてなかった。教えてくれるか」

ふふふ。

涙が滲みそうになる目元を無理やり歪ませ、ニヤニヤ笑ってみせた。

「なんだよ」

「ねえ。初めて会ったとき、ミナモさん、私に、君はほのかに甘いにおいがするって、言ったでしょ」

「言ったかな」

「言ったよ。そのあと、女の子ににおいがどうこうって言ったらセクハラになるんだっけとか言って、私に謝ったじゃない」

「ああ。そういや、言ったかも」

「私、セクハラだとは思わなかったけど、少し驚いた。それと、ちょっとだけドキッとしちゃった。ただの偶然だって、分かってはいたけど……だってね。あのね。私の名前は、ほのかというの」

ミナモさんは目を丸くした。「ほのか」

「うん」

「いい名前だな」

「でしょ」

「君らしい」

そうしてミナモさんは今度こそきびすを返し、一度も振り返ることなく、一億円が詰まったでかいドラムバッグを携えて、警察署に入っていった。私はそんなミナモさんの背中が消えるまで、いや、消えてからも、ずっとそこに突っ立っていた。

ベランダタイム、終了。

カラカラカラ、パタン。

●○●

この日も両親はケンカを始めた。けれど、私はベランダには逃げず、台所に入って、諍《いさか》いの声を聞きながら、生地を丸く抜いて、オーブンの天板に並べる。

二百度で十五分。

その間に、生クリームとバターで、クロテッドクリーム風のバターを作る。

焼きあがったばかりのスコーンを、皿に移す。クロテッドクリームもどきと、冷蔵庫の中にあったジャムもトレイに載せて——ふうっと一つ大きな息を吐いてから、私は居間に向かった。

トレイをテーブルにドカッと置く。

両親はギョッとした顔で私を見た。

私は努めて冷静に言った。「食べてみて」

「どうしたの、急に」「ほのか、今大事な話してるからあっちに」

私はあつあつのスコーンを一つ手に取り、ぱかりと二つに割って、片方を父に、もう片方を母に突きつけた。ここまでされてはさすがに食べないわけにはいかないと見えて、二人とも、大人しくスコーンを口にした。

それを見届けてから、私は自分の分のスコーンを手に取り、中央で割った。ほこっと香ばしい湯気が上がって、鼻腔《びこう》をくすぐる。

まずは、クリームもジャムもつけずに、素のまま、ぱくりとかぶりつく。

外側はさっくり。中はふかふか。

甘さも焼き加減もちょうどいい。

「うん。いい出来」

私は自信満々の顔を両親に向けた。

「……うまいよ」「そうね。おいしい……」

「でしょ。クリームとかもつけてみて」

ディップしやすいように、トレイを両親のほうに押しやる。

――これで何かが解決すると思っているわけではない。

でも、こうしたかった。

たぶん、ずっと前から。

「スコーンは、オーブン出したての、ほかほかのところを食べるのがいいんだよ。これからもときどき作るからね。食べてくれる？」

「どう？」


翌日。

学校で、チセに、サブレとクロッカンの詰め合わせを手渡した。

気合いの入ったプレゼントではないから、特別なラッピングはしない。蠟引《ろうび》きしてある素朴な柄の紙袋に適当に詰めて、口を二回折っただけ。

家に帰ってから食べてくれればいいと思っていたが、チセはその場で開封して食べ始めた。

サブレを一つあっという間に食べ、二つ目を口に放りこみ、三つ目を手にしたところで、驚きで目をキラキラさせながら、弾んだ声でチセは言った。

「すっごくおいしい。ほのかが作ったの？　すごいね！」

私は顔を上げ、フフンと胸を張ってみせた。

「でしょ」

ことさらに芝居がかった仕種なのは、照れ隠しのため。

包み隠すことが苦手なチセは、褒めるときも手放しだ。

「すごいなあ。私こういうの全然できないから、作れる人、尊敬する。なんでこんなうまくできるの？　お菓子作りって難しくない？」

「難しくはないよ。私にできるくらいだもん」

「そうなのかな。なんかすごく複雑で手間がかかるってイメージあるよ」

「そうだね、それは確かにそうかも」

お菓子を作るのって、とにかく面倒臭い。

まず、調理器具を用意しなくちゃいけないし。

材料を量るときは目分量厳禁、一グラム単位でキッチリ量らなくちゃいけないし。

一般家庭だと、レシピに載っているような立派な製菓器具や横文字の材料が都合よく準備できなかったりするから、それだけでやる気がなくなったりするかもしれない。

それに、後片付けも面倒。

でも慣れてくると、そういうの全部ひっくるめて――

「楽しいけどね」

私はニヤッと笑ってみせた。

チセも「ふうん?」と小首をかしげて笑った。「なんか、ちょっと意外だな。ほのかがそこまでハマってるなんて。ホントに好きなんだね」

「うん」

私、お菓子作りが好きなんだ。

食べてくれた誰かが「おいしい」と言ってくれるのも、
その瞬間の嬉しそうな顔を見るのも、
とても好きなの。

あとがき

お疲れさまです、柴村《しばむら》です。このたびは拙著《せっちょ》『4 Girls』をお手に取っていただきまして、ありがとうございます。

以下、「あとがき」というか、各作品の解説って言うほどでもない解説を、つらつらと書いていきたいと思います。ネタバレとかはたぶんしてないと思いますので、お好みのタイミングで目を通していただければと思います。

【scratches】

書籍タイトルが『4 Girls』なのに第一話の第一場面が男子便所だけど大丈夫か？

この話自体は、二〇〇九年の時点でプロットができていました。しかし、発表する機会がなく、仕事用パソコンの中で放置されていました。が。あれから二年。ＭＷ文庫で短編集を出せる運びとなりましたので、サルベージし、こうして世に出すことができました。よかったよかった。単発の短編として読めるようプロットを修正したり、人物関係をシンプルにしたりしていますが、大部分を使用することができたのは、限られた資源でやりくりする柴村にとっては、たいへんエコでございました。
ちなみに、この話に出てくる「くろべえ」は、私がMW文庫から刊行させていただいてます『プシュケの涙』などなどにも、その存在だけ、うっすらぼんやり登場しております。もしよければ、こちらもよろしくお願いします。（自家宣伝……）

【Run! Girl, Run!】

こちらは二〇〇九年春に刊行された『電撃文庫 MAGAZINE Vol.7』の付録、『電撃コラボレーション／四月、それは――×××』のために書き下ろしたものです。雑誌の付録として文庫本が丸ごと一冊ついてくるって豪華だなーと思った記憶があります。
お題は「四月、それは――」というキーワードから連想される物語、というものでした。自由度の高いお題はありがたいのですが、このときは「サクラ」「秘密」「ぶっちぎり」「初めて」「プヨプヨ」という五つのキーワードを文中にぶちこめ、という追加ミッションもありました。本作にも、もちろんぶちこんでありますので、お暇なときにでもぜひ捜してみてください。「秘密」「初めて」あたりは、まあ普通にねじこめるのですが、「プヨプヨ」には悩まされました。

【タカチアカネの巧みなる小細工】

こちらは二〇〇八年八月に電撃文庫から刊行された『電撃コラボレーション／まい・いまじね〜しょん』に収録されたものです。

ライトノベルは、だいたいの場合、まず初めに文章があって、そこにイラストをつけてもらうのですが、このコラボは、まず西E田さんのイラストがあり、そのイラストに対して作家が物語をつける、という逆転の発想モノで、私は参加者としても読者としても、とても楽しませていただきました。『まい・いまじね〜しょん』は電撃文庫から絶賛発売中です。いろんな作家さんの「少年と少女と宇宙人」の物語が読めますので、こちらも是非。

【サブレ】

こういう話を書いておきながらアレなんですが、柴村はお菓子作りに関してはほとんど無知です。というわけで、今回は、お菓子作りが上手な方に、いろいろとアドバイスしていただきました＆手作りお菓子をたらふくいただきました。超おいしかったです。お話を伺いに行った当の目的を忘れかけました。

とはいえ、文章化しているのは結局のところ柴村なので、製菓の描写に怪しい箇所があっても、それは「柴村やっぱりいまひとつ分かってなかったネ！」ということですので、そこのところご了承ください。それにしてもおいしかった。


そんなこんなで。

本著は、「メインキャラに十五～十六歳の女の子」「一人称」というくくりを意識しつつも、「それ以外では自由にやりたい放題」という、ゆるーいスタンスでまとめさせていただきました。いかがだったでしょうか。四話の中の一話でもお気に召すものがあれば、著者としては幸いです。

最後になりましたが。

素敵なイラストを描いてくださった也さん、担当編集者さんをはじめとしてこの本の制作に携わってくださった方々、そして、この本を手に取ってくださった読者さまに、改めてお礼申し上げたいと思います。

ありがとうございました！

柴村 仁

著作リスト

プシュケの涙（メディアワークス文庫）
ハイドラの告白（同）
セイジャの式日（同）
19 ―ナインティーン―（同／アンソロジー作品）
4 Girls（同）

「我が家のお稲荷さま。」（電撃文庫）
「我が家のお稲荷さま。②」（同）
「我が家のお稲荷さま。③」（同）
「我が家のお稲荷さま。④」（同）
「我が家のお稲荷さま。⑤」（同）
「我が家のお稲荷さま。⑥」（同）
「我が家のお稲荷さま。⑦」（同）
「E.a.G.」（同）
「ぜふぁがるど」（同）
「プシュケの涙」（同）
「おーい！ キソ会長」（トクマ・ノベルズEdge）

「Run! Girl, Run!」は電撃文庫MAGAZINE2009年5月号付録
電撃文庫MAGAZINE文庫『4月、それは――××××』に、
「タカチアカネの巧みなる小細工」は2008年8月刊行
『電撃コラボレーション　まい・いまじね～しょん』に収録された作品です。
「scratches」と「サブレ」は本書のための書き下ろしです。

メディアワークス文庫

4《フォー》 Girls《ガールズ》

柴村《しばむら》 仁《じん》

発行 2011年1月25日 初版発行

発行者 髙野 潔
発行所 株式会社アスキー・メディアワークス
〒160-8326 東京都新宿区西新宿4-34-7
電話03-6866-7311（編集）
発売元 株式会社角川グループパブリッシング
〒102-8177 東京都千代田区富士見2-13-3
電話03-3238-8605（営業）
装丁者 渡辺宏一（有限会社ニイナナニイゴオ）
印刷・製本 加藤製版印刷株式会社

Printed in Japan
ISBN978-4-04-870278-2 C0193

アスキー・メディアワークス http://asciimw.jp/
メディアワークス文庫 http://mwbunko.com/

本書に対するご意見、ご感想をお寄せください。

あて先
〒160-8326 東京都新宿区西新宿4-34-7 株式会社アスキー・メディアワークス
メディアワークス文庫編集部
「柴村 仁先生」係

メディアワークス文庫

有川　浩が贈るエンターテイメント小説

シアター!

有川　浩

劇団存続なるか——?
どうなる
「シアターフラッグ」!?

シアター! 発売中
定価：641円（税込）

小劇団「シアターフラッグ」——ファンも多いが、解散の危機が迫っていた……そう、お金がないのだ!!　その負債額なんと300万円!　悩んだ主宰の春川巧は兄の司に泣きつく。司は巧にお金を貸す代わりに「2年間で劇団の収益からこの300万を返せ。できない場合は劇団を潰せ」と厳しい条件を出した。

新星プロ声優・羽田千歳が加わり一癖も二癖もある劇団員は10名に。そして鉄血宰相・春川司も迎え入れ、新たな「シアターフラッグ」は旗揚げされるのだが……。

シアター!2 発売中
定価：641円（税込）
※各定価は税込(5%)です。

発行●アスキー・メディアワークス
あ-1-1　ISBN978-4-04-868221-3
あ-1-2　ISBN978-4-04-870280-5